40 abrigos y un botón

Ivan Sciapeconi es profesor de primaria en Módena. Ha publicado libros de ficción para niños (*Zezè e Cocoricò*, *Un dicembre rosso cuore*, *Come mettere il mondo a testa in giù*) y textos escolares. Esta es su primera novela.

40 abrigos y un botón

Ivan Sciapeconi

Traducción de Ana Ciurans

rocabolsillo

Penguin
Random House
Grupo Editorial

Título original: *40 cappotti e un bottone*

Primera edición en Rocabolsillo: febrero de 2025

Esta novela es una obra de ficción.
Todos los hechos históricos se narran según la interpretación libre del autor.

Printed in Spain – Impreso en España

ISBN: 978-84-10197-21-3
Depósito legal: B-21.302-2024

Compuesto en Fotoletra, S. A.
Impreso en Black Print CPI Ibérica
Sant Andreu de la Barca (Barcelona)

RB 9 7 2 1 3

A Eva, para siempre

1

—Natan, querido, ¿te acuerdas de mi amigo Shlomo?

—No, papá.

—¿Cómo qué no? Sí, hombre, aquel que no tenía dientes. Shlomo. ¡El hipocondriaco!

—No, no me acuerdo.

—Da igual. Pues ha muerto.

—Lo lamento.

—No pasa nada. Ni siquiera era un amigo de verdad. ¿Sabes lo que ha hecho poner en su lápida?

—No, papá.

—«¡Os lo dije!».

Mi padre no sabía qué pasaría. Contaba historias porque ni por asomo se lo imaginaba.

Yo, en cambio, siempre lo temí. Por eso corro. No he dejado de correr desde que nací. En cuanto pude salí disparado de las entrañas de mi madre y ella ni se enteró.

Cuando dijo «aquí viene», yo ya estaba entre sus piernas. Mi abuela, que había visto nacer a muchos niños, conmigo ni siquiera pudo ir a por toallas y agua caliente. No le dio tiempo.

Aprendí a correr antes que a caminar. Extendía los brazos, empujaba el aire y avanzaba. Tiraba del cuerpo. Luego apoyé las rodillas en el suelo. Dicen que parecía un gato. Cuando me puse de pie, ya sabía cómo se hacía.

Corría por las calles de Charlottenburg. Pasaba por la casa de la vieja Mizrachi, cogía la cesta de la comida y se la llevaba al tío Hermann. También corrí contentísimo la primera vez que fui al colegio. No sabía que dentro iba a encontrar a la señora Meyer.

Me lancé a la ventana cuando vi los primeros fuegos en las proximidades de nuestra casa. Era noviembre, pero no hacía más frío que de costumbre. No había necesidad de encender una hoguera tan grande. Fueron los camisas pardas.

—¿Por qué? —pregunté.

—Porque tienen miedo.

No lo entendí. Era un niño. Han pasado cuatro años desde entonces, cuatro años marcan la diferencia.

—Apresúrate, ve a acostarte —dijo mi madre.

Yo corro, siempre, y nadie es capaz de alcanzarme. No me han cogido hasta ahora y nunca lo harán porque no me detengo. Incluso en este momento que estoy sentado, aquí, en el tren, en realidad estoy corriendo. Respiro entrecortadamente y tengo las sienes perladas de sudor. Los músculos calientes. Siento que el corazón me palpita en el centro del pecho. Al corazón le cuesta llevar el paso de la respiración. Late fuerte, es extraño que mis vecinos de asiento no lo noten.

No pierdo de vista la puerta del compartimiento.

Cada vez que se abre, el vagón se llena de ruido. Estoy listo para volcar la maleta en el suelo. Los camisas pardas nunca se mueven solos. Si logro que uno tropiece, se caerán todos.

Mi padre dejó de reír tras los incendios. Antes era un hombre divertido. A algunos les toca un padre rico, a otros uno ausente o severo. A mí me tocó uno divertido. No habría podido desear otro mejor.

Se sentaba en la butaca de terciopelo verde, descolorida en los brazos y el reposacabezas por el tiempo y las meditaciones de la siesta. En aquellas tardes, de la butaca llegaba un silbido lento y regular. Me acercaba para estudiarle el interior de la boca, para comprobar si escondía un mecanismo secreto, porque era de allí de donde salían sus historias.

Cuando no dormitaba, escuchaba la radio de los vecinos.

—Tenemos suerte de vivir en una choza —decía—. Las paredes de los ricos son tan gruesas que no dejan pasar el ruido, ¿sabes? Imagínate, se ven obligados a comprar una radio por familia. Los ricos gastan un montón de dinero por ser ricos. Nosotros, en cambio, solo tenemos que poner la oreja en la pared.

Además, leía. Había pilas de libros apoyados en el taburete o incluso en el suelo, alrededor de la butaca, donde fuera. Leía de todo, pero prefería las novelas de amor y solo las que tenían un final feliz. Poesía no, no la tocaba. Lo había intentado, pero nunca había encontrado un poema divertido.

Cuando se le ocurría una historieta, un juego de palabras o un chiste lo paraba todo y todos tenían que pararse.

—No hay que dejar escapar los chistes, te hacen entender cómo son las personas. Fíjate en tu abuelo, por poner un ejemplo. Tu abuelo era húngaro y los húngaros se ríen tres veces con un chiste: la primera cuando se lo cuentan, la segunda cuando ellos se lo dicen a alguien y la tercera cuando, al cabo de mucho tiempo, por fin lo entienden. Si, en cambio, se lo cuentas al señor Mann, el viejo del piso de abajo, que es un auténtico alemán, un alemán de pura cepa, fíjate que él solo se ríe dos veces: la primera cuando lo escucha y la segunda cuando se lo cuenta a alguien. Y punto en boca. Porque él ni ha entendido el chiste ni nunca lo entenderá.

Eso es lo que solía hacer mi padre: proceder por partes. No había manera de saber cuándo acabaría, cuánto duraría el espectáculo.

—¿Los peores? ¡Ay! ¿Los peores sabes quiénes son? Los soviéticos. Esos se ríen una sola vez, cuando escuchan el chiste, porque no hay manera de que lo entiendan. Y ten la seguridad de que no se lo contarán a nadie: un soviético sabe que no hay que meterse donde no te llaman.

Fin. O eso parecía.

—¿Y los judíos? —le pregunté aquella vez—. ¿Cuántas veces nos reímos nosotros, papá?

—¿Nosotros? Ay, los judíos no nos reímos. No nos reímos nunca, no te olvides. Ni siquiera una vez. ¡Porque nosotros nos los sabemos todos!

Y entonces, cuando había acabado, sí que se reía a gusto. Se llevaba las manos a la barriga, blanda y prominente, y se reía. Las manos subían y bajaban y luchaban para mantener quieta toda la diversión que alojaba su tripa.

Mi padre compraba y vendía telas, pero no era culpa de su trabajo que fuésemos pobres. Había comerciantes ricos y vendedores de telas que llevaban una vida mejor que la nuestra. Nosotros no. Nosotros éramos pobres, siempre lo fuimos. Mi padre se negaba a engañar a los demás, se negaba a seguir el único camino para ganar realmente dinero. Uno no se hace rico trabajando, nadie lo ha logrado. Engañando sí, o gracias a un regalo caído del cielo, pero no trabajando.

De niño había acompañado a su madre a visitar a un rabino. En aquella ocasión, frente al hombre de barba larga y ojos transparentes, comprendió qué pasaría, que siempre sería pobre. El rabino parecía un hombre sabio incluso con la boca cerrada y mi padre se armó de valor y le hizo una pregunta. Acababa de pelearse con un amigo, una tontería, una cosa de críos, pero para él era un peso que no lograba quitarse de encima.

—¿Qué tengo que hacer, rabino? —preguntó—. ¿Cómo debería comportarme?

—No hagas a otro, pequeño, lo que no te gusta que te hagan a ti —respondió el rabino.

Era una máxima breve, sencilla y respetuosa con la lógica. Podía aplicársela incluso alguien poco proclive a comerse los santos, como mi padre.

Así que a partir de aquel día, cuando se encontraba con la gente, que era mucha, le contaba sus ocurrencias. A todo el mundo, absolutamente a todos. Quien se ríe, se fía, por eso tenía tantos amigos en el barrio, en Charlottenburg, y fuera de él. Tenía amigos repartidos por Berlín. Hombres, le gustaba precisar, porque hacer reír a una mujer siempre es peligroso.

—Acuérdate de eso, Natan: todas quieren un hijo de un hombre alegre. Para evitar malentendidos, a las mujeres solo dramas. Prométemelo.

—Prometido.

—Bien.

Mi padre se pasaba el día en la calle, con la carretilla apoyada en el costado. Se iba encontrando a los amigos por casualidad. En las jornadas así, volvía a casa contento.

Mucho menos contenta estaba mi madre, que hacía la compra de fiado y daba la vuelta a la ropa para resucitarla.

—La ropa se estropea por los roces —decía—, esa es la verdad.

Solía protestar sobre todo a la hora de cenar:

—Ay, vete tú a saber lo que una siente cuando no tiene que contar la calderilla antes de ir al mercado —decía.

—Nada. Absolutamente nada. Encontrarías la manera de quejarte aunque fueras rica como una reina, pastelito mío —respondía él.

Mi madre se enfadaba aún más, o fingía enfadarse, porque se había casado con él por su manera alegre de afrontar la vida. Porque un espíritu alegre hace volar a quienes lo rodean. Y también porque le hablaba de los libros que ella nunca leería y se sabía de memoria sus frases más románticas.

Así fuimos tirando durante años. Hasta aquel miércoles de noviembre en que corrí a la ventana y vi las llamas en la lejanía.

Al día siguiente, la cara de mi padre se había vuelto pálida y rugosa. Y los pocos cabellos que le quedaban eran más finos que los hilos de una telaraña reseca por el hielo. Toda la noche soñamos que los camisas pardas entraban y salían de las casas y las tiendas de Charlottenburg; también de la nuestra. Mi madre, mi padre y yo tuvimos el mismo sueño. Mi hermano Sami no, o al menos no nos los contó. En el sueño, como en la realidad, llegaban y le prendían fuego a todo lo que hacía que nos sintiéramos más seguros: sinagogas, cementerios, tiendas. Todo.

Agarraron, rompieron, arrancaron, golpearon, apalearon, azotaron, empujaron, tiraron, destrozaron, arrastraron, asestaron, lanzaron. Y quemaron.

En nuestra casa no pasó nada. Nada malo. Nadie llamó a la puerta ni nos amenazó. Sin embargo, mi padre dejó de reír.

Solo se cayó un cuadro, inexplicablemente, de la pared contigua a la casa de los vecinos, la misma por la que se filtraba la voz de la radio. El cuadro dejó un rectángulo oscuro y húmedo en la pared. Mientras todos nuestros conocidos lloraban por las devastaciones e incendios, nosotros habíamos visto un clavo que cedía espontáneamente y un cuadro que se caía. Solo eso.

Mi padre ya no salía de casa. Se quedaba mirando fijamente el rectángulo vacío en una pared que había dejado de hablar. Era como si esperara que aquella ausencia y aquel silencio le dieran una señal, una sugerencia acerca de qué debía hacer. Como si el cuadro fuera el espíritu de un antepasado con quien contar. La fuerza sobrenatural que nos indicaría el camino desde el más allá.

Luego, un día, llamaron a la puerta. Era de noche, la calle estaba espléndida. Blanca de nieve y silenciosa, salvo por un trapaleo y el rumor de ruedas deslizándose sobre la calzada. Ya nos habíamos acostado. Mi hermano Sami no se despertó, al menos al principio. Yo oí los golpes, los vi entrar. Eran cuatro hombres, dos de ellos llevaban abrigos y botas negras, los demás no lo sé. Solo vi a los dos que entraron primero, los que iban delante. El resto es confuso. Uno gritaba, daba órdenes; nadie les preguntó quiénes eran. Ni siquiera nosotros. Arrastraron a mi padre fuera de casa, a la calle, y lo subieron a la fuerza a un camión. Tampoco es que mi padre opusiera resistencia. Se comportaron así porque era lo que les habían ordenado: era la actitud correcta, la que habían visto en otros y que trataban de replicar. Como unos pasos de baile.

Grité. No pasó nada. Grité de nuevo y seguí gritando todo el rato. Todavía grito en sueños, sobre todo si nieva. No había ángeles aquella noche alrededor de mi casa. Ni en Berlín ni en ningún otro sitio. Solo ventanas cerradas. Y si alguien lo oyó o escudriñó detrás de las cortinas no fue para ayudar a Salomon el Judío, aquel hombrecillo que tanto les había hecho reír con sus historietas y sus chistes.

Nos escondimos, abandonamos nuestra casa y nos fuimos a vivir al número trece de Lottumstrasse. Allí nos juntamos con otros desesperados como nosotros. No nos quedamos mucho, nos trasladamos casi enseguida, y luego una y otra vez. Así pasaron los meses y los años, al menos dos. Quizá tres.

Hasta que volvieron a llamar a nuestra puerta. Mi madre me hizo una señal para que me callara. A mi hermano Sami le puso una mano en la boca porque era demasiado pequeño para ser prudente. No había luz en el rellano, quien fuese había subido a oscuras. Cuando lo de mi padre habían hecho lo mismo.

Una voz que no logramos reconocer pronunció el apellido de mi madre, su apellido de soltera.

—He venido a ayudarla… —dijo una mujer en un susurro, que se filtró entre la puerta y la pared como la primera corriente de aire del invierno que se acercaba—. Soy Recha. Recha Freier. No hay tiempo que perder…

Mi madre le hizo repetir el nombre, un nombre que, ahora lo sé, tengo la seguridad de que nunca se olvidará. Luego abrió.

Cuando la señora Freier entró, en vez de sentarse, se quedó de pie al lado de la puerta y mi madre no le dedicó las amabilidades que solía tener con las visitas. No le pidió el abrigo ni le ofreció nada de beber. Solo escuchó lo que tenía que decirle.

—La situación ha cambiado —dijo la mujer.

Pensé que se conocían, porque mi madre no paraba de asentir a sus palabras.

Sin embargo, caí en la cuenta de que no era así cuando le preguntó:

—¿Cómo puedo estar segura? Usted podría ser cualquiera.

A la señora Freier no le sorprendió la desconfianza. Es más, nos miró con ternura.

—Ellos no necesitan excusas. No pierden tiempo discutiendo —respondió.

Lo sabíamos, lo habíamos visto. Y la señora Freier sabía que lo sabíamos, pero no se refirió a nosotros ni mencionó lo que habíamos vivido.

—La situación ha cambiado —repitió—. Ya no hay nada seguro. No hay tiempo que perder. Se han llevado a los hombres y podrían llevarse a los niños.

—¿Quién? —pregunté, pero la mujer no respondió.

Mi madre me abrazó.

—Llévate a Sami para allá —dijo.

Nuestro «para allá» era el otro lado de una cortina. Yo ya había comprendido que la señora Freier se refería a los camisas pardas.

—Tenemos billetes y documentos —explicó cuando se quedaron solas—. Trataremos de sacar de aquí a los niños, pero solo a los mayores. No podemos hacer más. No será un viaje fácil. El pequeño estará más seguro aquí, con usted.

No podían hacer más, teníamos que separarnos. Y pronunció la palabra «viaje» en vez de «huida». Benditas sean las personas que eligen las palabras con cuidado.

Puse en la maleta la poca ropa que poseía, una botella de agua, un cuarto de hogaza de pan y un libro. No sé por qué metí un libro. Quizá porque era mi primer viaje, no una huida. Mi madre no lloró. No, me iba de viaje, no huía.

—Pronto nos reuniremos contigo en Eretz Israel —me dijo.

Luego nos abrazó a Sami y a mí y él fingió que se ahogaba porque nos apretaba demasiado.

La señora Freier le cogió la cara a mi madre y le habló en un idioma desconocido. Desconocido para mí, pero no para ella, que respondió como si siempre lo hubiera hablado. No sé ni cuándo ni dónde.

El último recuerdo que tengo de ella es una hilera de consonantes a las que no he logrado dar significado.

Aquella noche la señora Freier recorrió la ciudad para recogernos a mí y a otros chicos. Siempre subimos las escaleras a oscuras. Ella llamaba a la puerta y nosotros la esperábamos en el rellano, en silencio.

—No queda tiempo, ya llegan —decía y luego salía un chico o una chica.

Nadie lloraba mientras las puertas estaban abiertas.

Caminamos a paso rápido toda la noche. Pasamos por la estación de los trenes que se dirigen a Hamburgo. En las proximidades, algo oculta por los árboles y un seto alto, hay una cervecería con macetas en las ventanas y un largo letrero de madera oscura en lo alto. Desde la calle no se aprecia, pero dentro hay gente que se emborracha hasta perder el sentido. Lo sé porque mi padre me lo contó.

—Estuve allí —me dijo una vez—. En esa cervecería, ¿la ves?

—¿Fuiste a emborracharte? —pregunté escandalizado.

—Qué va, iba en busca de un amigo. Conmigo entró uno de tiros largos, con una camisa oscura. Ni siquiera se sentó a una mesa, en cuanto cruzó la puerta se puso a gritar: «¡Silencio! ¡Escuchadme! Esta noche invito yo. ¡Os invito a todos menos a ese!». Y «ese» era un judío con la kipá, un hombrecillo que estaba a lo suyo sin molestar a nadie. El pobre ni rechistó. Ni siquiera parecía ofendido. Al cabo de un rato, el figurín se puso de pie y dijo: «Otra ronda para todos. Pero no para ese. Ese es judío y yo no quiero tener nada que ver con los judíos». La gente bebió y el judío ni se inmutó, se quedó donde estaba, tranquilo y apartado. Parece mentira, ¿no? Resistió a todas las provocaciones, permaneció impasible.

—Pero ¿por qué nos odia la gente, papá? —pregunté.

—Déjalo correr y escucha cómo acaba. Pasaron unos pocos minutos y el figurín, hecho una furia, pero una furia, ¿eh?, se puso a soltar palabrotas y pagó una nueva ronda. De nuevo a todos menos al judío, que esta vez levantó la mirada por un instante y le dio las gracias. ¡Le dio las gracias! Deberías haberlo visto. Deberías haber visto al sujeto de la camisa oscura: estaba fuera de sí. Se acercó a la barra y preguntó: «Dime, ¿acaso es retrasado ese de ahí? Invito a todo el mundo menos a él, lo provoco, ¿y encima me da las gracias?». El tabernero acabó de secar un vaso y respondió: «Por supuesto que te da las gracias. Es el dueño de la cervecería».

Al pasar delante de aquel sitio el sonido de la risa de mi padre no fue ni siquiera un recuerdo.

Solo me acordaba de la anécdota, de nada más.

Si aquella vez hubiera respondido a mi pregunta, si me hubiera explicado por qué nos odian, sobre todo los camisas pardas, quizá le habría pedido que parara, que dejara de buscar historias y amigos por Berlín y que empezara a correr.

Como hago yo, aquí y ahora, en el tren, como hacen los niños de la señora Recha Freier. Me giro para mirar a Hans y Sonja. Duermen profundamente. Dicen que en un tren que se desplaza sobre las vías no hay escapatoria. Si los camisas pardas nos atrapan, no habrá salida. Quizá tengan razón, lo mismo da dormir.

Otros acaban de cerrar los ojos y se dejan mecer. Aún se sienten en peligro, pero no pueden más.

El único despierto como yo es Josko. Él mira por la ventanilla y yo lo miro a él. Se le nota en la cara que nunca ha debido de dormir mucho. No más de una hora por noche y nunca con los dos ojos cerrados a la vez. Aunque parezca imposible, si hay alguien capaz de hacer algo imposible, es él: Josef Indig, Josko para los amigos. Su nombre no se olvidará.

Ya es casi de día, pronto llegaremos a la frontera italiana. Josko dijo antes de salir:

—Tenemos que cruzar la frontera. Una vez que estemos al otro lado, ellos dejarán de ser nuestro problema.

Evité preguntarle a quién se refería. Cuando hablamos de «ellos» siempre nos referimos a los camisas pardas.

—En Italia estaremos a salvo —añadió—. Bastante a salvo.

Tampoco pedí explicaciones sobre eso. «Bastante a salvo» no es «a salvo». Pero no me pareció oportuno indagar.

Me rugen las tripas. Me alegro de tener hambre. Significa que se me ha pasado el susto, que mis entrañas empiezan a sentirse «bastante a salvo». No he tenido hambre, sed, frío ni calor durante los dos últimos días. Eso es lo que pasa cuando huyes: al cerebro no le importa nada más, solo les habla a las piernas.

El tren disminuye la velocidad, Josko se levanta, coge el libro y la mochila y despierta a quienes aún duermen. Apoya una mano en el hombro de los que sabe que no se harán los remolones, da una sacudida enérgica a los que quieren seguir durmiendo. A todos salvo a Benno. Se sienta al lado de Benno. Le pasa un brazo por los hombros y le susurra algo al oído. Solo tiene nueve años. Su corta vida merece el despertar de un niño.

Visto desde aquí, Josko me produce la misma impresión que cuando lo vi por primera vez en la comisaría de Maribor. Es frágil. Parece una hoja inquieta a los pies de un árbol. La hoja que espera la ráfaga de viento que se la llevará volando. Sin embargo, la señora Freier ha contado con él. Solo por eso ya sé que estoy equivocado.

La noche que vino a buscarnos, la señora Freier nos llevó a Meinekestrasse. Estuvimos allí encerrados durante días esperando a que llegaran los demás. Los nuevos permanecían callados, buscaban un sitio libre pegado a la pared. Los veía desmoronarse con la maleta entre los brazos, inmóviles; luego se reponían. Volvían a ser chicos y chicas, pero no del todo. Ninguno de nosotros ha vuelto a ser el de antes.

Nos marchamos sin saberlo con antelación. La señora Freier nos separó en grupos y cogimos un tren hasta Viena. Cada grupo tenía un responsable. El nuestro se llamaba Arnold, llevaba gafas con cristales gruesos, era más alto de lo normal y ya andaba encorvado. Era él quien tenía que tomar las decisiones en caso de que ocurriera un imprevisto. En Viena nos separamos. Cada grupo cogió un tren diferente en dirección a Graz. Llegamos muy entrada la noche. Fuera de la estación nos esperaba un camión cargado de leña, tal y como nos habían dicho. La señora Freier, o, mejor dicho, la «organización», había sido muy clara al respecto. Nos tumbamos sobre los troncos, que olían a resina y a montaña, y nos cubrimos con mantas negras como el hollín. Creímos que íbamos a morir. Según subíamos por las curvas cerradas, el frío nos entraba en los pulmones y casi nos impedía respirar. El dolor se apoderaba de los dedos de las manos y los pies. El viento silbaba, o más bien aullaba como un animal hambriento. Sin embargo, si hubiéramos sabido lo que nos esperaba, no nos habríamos quejado.

En la frontera con Yugoslavia nos descargaron del camión delante de un refugio de pastores.

—Esperad aquí —nos dijeron y dieron media vuelta en dirección a la ciudad.

En el refugio debíamos encontrarnos con un grupo de contrabandistas que nos daría de comer y de beber algo caliente antes de cruzar la frontera. Pero el lugar estaba cerrado y las ventanas, además de ser demasiado pequeñas, estaban protegidas por una reja de hierro en forma de cruz que impedía acceder al interior. La nieve nos llegaba a las rodillas. Las rachas de viento hacían volar la que acababa de caer. Arnold no daba abasto a limpiarse las gafas, las lentes se le empañaban sin cesar. No saldríamos de esa.

Nuestra única esperanza era que no hubieran pagado anticipadamente a los contrabandistas. De lo contrario, si ya habían cobrado, les salía más a cuenta dejarnos morir que arriesgarse a cruzar la frontera. Allí estábamos, a oscuras, mercancía inútil.

Algunos se sentaron a resguardo del viento, con la espalda apoyada contra la pared. Se subieron las solapas del abrigo, se rodearon el cuerpo con sus propios brazos y se pusieron cómodos. Se habrían acurrucado cada vez más si Arnold no se hubiera limpiado las gafas. Si no los hubiera visto. Gritó, pero el viento se llevó sus palabras. Se puso a sacudirlos, los incorporó a la fuerza, los obligó a saltar. Y a los que no le hacían caso o pesaban demasiado para levantarlos les pisó los pies. Así los convenció. Y no cesó de gritar hasta que todos hicieron lo que él decía.

Si se dormían a la intemperie, en medio de la nieve, no se despertarían.

—Y entonces todo habría sido inútil. ¿Lo entiendes?

Esa frase sí que la oí, porque la voz de Arnold se impuso sobre el viento. Y tenía razón: la señora Freier, el tren, las maletas vacías y el dolor de quienes habíamos dejado en Alemania, todo inútil.

—¡Para morir, podríais haberos quedado bien calentitos en vuestras casas!

Luego uno de nosotros dijo:

—Mirad, mirad…

Sus palabras también se las llevó el viento, pero nos dio tiempo a seguir con la mirada la dirección que indicaba con el dedo enguantado. Vimos un carro que subía fatigosamente por el camino y echamos a correr en su dirección. En tropel, como bandidos, como desesperados. No hubo necesidad de explicar nada ni ocasión de hacerlo. El hombre nos hizo subir y nos dio una lona fría para protegernos que, en compensación, hacía rebotar las ráfagas de viento. Nos pareció que de momento estábamos bien, que aún nos quedaba una brizna de esperanza.

El hombre del carro no era el contrabandista que esperábamos. Era alguien que se había topado con un grupo de ingenuos en el camino de vuelta, chicos que habían desafiado la montaña con calzado y abrigos de ciudad. Se habían perdido y él los había ayudado. Sin más. Así que desde su punto de vista no había que darle muchas vueltas. Condujo el carro pendiente abajo por las curvas cerradas y buscó la comisaría de policía más cercana para preguntar qué tenía que hacer y de qué manera podían echarnos una mano. Lo más lógico era también lo más sencillo: devolvernos a nuestras pobres y preocupadas familias. A los camisas pardas.

La comisaría de Maribor era una choza. La peste a col y moho era tal que provocaba arcadas incluso a un grupo de hambrientos como nosotros. La estufa estaba encendida y nos dieron mantas, pero seguíamos temblando.

Un hombre nos trajo una sopa y luego una bebida caliente y oscura. Sin sabor, solo caliente y oscura.

Aquel hombre reunía todas las características de un policía —el uniforme, las botas, la gorra—, salvo la cara. Tenía cara de médico o de maestro de pueblo. La clase de persona que obedece a su conciencia. Parecía estar allí cumpliendo un castigo.

No entendíamos una palabra, pero era evidente que discutía con los otros policías. Él, sin embargo, era el comisario y, salvo prueba de lo contrario, el comisario es el que toma las decisiones en una comisaría.

Uroš Žun, cuyo nombre nunca se olvidará, caminaba de un lado para otro, llamaba por teléfono y protestaba. Y gritaba en ese idioma que desconocíamos. Los demás acataban órdenes, pero cuando él se daba la vuelta se intercambiaban miradas, sacudían la cabeza o abrían los brazos. No se atrevían a más.

Luego llegó un telegrama que el comisario Žun leyó en silencio y sus hombres se tranquilizaron. Uno se desabrochó el cuello de la camisa, otro se sirvió un vaso de bebida oscura. Se intercambiaron sonrisitas. ¿Lo veis? ¿Veis lo que pasa cuando llegan órdenes de arriba?

Pero el señor Uroš Žun cogió el telegrama y lo tiró a la papelera. No lo rasgó, no se excedió, simplemente lo dejó caer, y los rostros de quienes lo rodeaban se ensombrecieron de nuevo.

El comisario llamó por teléfono. Por una rendija de la pared del cuartucho donde estábamos lo vimos ir a abrir la puerta. Entró una ráfaga de viento. En un primer momento no noté nada más, solo que el frío se había colado de nuevo. Pero luego el comisario pasó bajo una ventana y vi a contraluz que iba acompañado por un hombrecillo liviano. Me dio la impresión de que tenía alas. «Un pajarito», pensé.

Incluso ahora, aquí, en el tren que nos conduce a Módena, Josko me parece tan ligero que podría emprender el vuelo. Se acerca a mí y, al igual que hace con los demás, me dice:

—Casi hemos llegado.

—Estoy listo —respondo, y él pasa al siguiente.

Sigue adelante, pero no pierde de vista a nadie, quiere estar seguro de que ninguno de nosotros vuelve a recostarse, de que nadie está tan cansado que prefiere quedarse en el tren.

Podría ocurrir, y lo sé porque es lo que me apetecía hacer en la comisaría de Maribor: quedarme en un sitio caldeado escuchando las órdenes del señor Uroš Žun. Pero Josko dijo:

—Os llevaré a Zagreb. Los demás chicos de la señora Freier ya están allí.

No lo conocía, no sabía quién era, pero cuando lo oí pronunciar el nombre de la señora Freier me convenció, como se había convencido mi madre. Fue una llamada.

En Zagreb éramos muchos más de los que somos ahora. Estuvimos poco tiempo, dos meses quizá, luego nos separamos. Los que tenían los documentos en regla se marcharon enseguida con la señora Freier. A ella le habría gustado hacer las cosas de otra manera, pero desplazarnos todos a la vez era demasiado arriesgado. Habría bastado un control de seguridad, uno solo, y nadie se habría salvado.

—Nosotros nos ocuparemos de los que se quedan —dijo Josko—. Esperaremos los sellos que faltan y luego nos marcharemos siguiendo el mismo trayecto.

En tren hasta Turquía y de allí a Palestina, a pie si fuera necesario.

—Si algo va mal, estamos nosotros —añadió Helene.

—Sí, por supuesto, marchaos. Os alcanzaremos —aseguró Boris.

Schoky y los demás adultos estaban de acuerdo.

La señora Freier se dejó convencer. Buscó otras soluciones, pero al final cedió. Dos grupos: uno saldría inmediatamente y el otro después. Yo estaba en el segundo. No tenía papeles. Debieron de verme preocupado, porque Helene se me acercó y dijo:

—Es solo por unos días.

—Sí —respondí.

Si algo se torcía, se ocuparían los adultos.

2

Ese algo que podía torcerse se llama «guerra». Es inútil hacer planes, inútil esperar a que lleguen los papeles. En caso de guerra lo único que uno puede hacer es prestar atención a lo que ocurre alrededor. Por ahí, en las calles.

Zagreb se llenó de camisas pardas de la noche a la mañana y en los muros aparecieron sus carteles. Rezaban: TODOS LOS JUDÍOS RECIBIRÁN UNA INSIGNIA IDENTIFICATIVA.

Distribuyeron retales de tela amarilla.

El domingo convocaron a los apellidos de la A a la K.

El lunes los de la L a la S.

El martes los de la T a la Z.

El miércoles habían acabado. El miércoles sabían cuántos judíos había, dónde estaban y qué costumbres tenían. Bastaba con que siguieran las manchas amarillas.

Un trabajo fácil que los judíos hicieron prácticamente solos. Para evitar la humillación de dejarse señalar por los camisas pardas, se habían marcado los unos a los otros.

—Toma, no es más que un retal.

—Ánimo, todo saldrá bien.

—Esto también pasará.

—El siguiente.

Las palabras se elevaron al cielo porque venían del corazón; la tela amarilla, en cambio, se quedó prendida en las solapas.

Josko nos había mantenido ocultos como furtivos, como ratas de trastero. Entonces comprendí por qué.

Ni listas con nuestros nombres ni fichas ni registros. Era la única manera de huir. En efecto, eso hicimos. De Zagreb a Horjul, en Eslovenia, a veinte kilómetros de Liubliana.

Me habría gustado despedirme del comisario Uroš Žun, darle las gracias antes de irme. Nos ayudó a pesar de que sabía que no recibiría nada a cambio. Su saldo era negativo, como el de la señora Freier, como el de Josko. Ninguno de ellos recuperaría lo que había dado. Lo sabían de antemano. Pero, entonces, ¿por qué? ¿Por qué lo hicieron?

Nos quedamos más de un año en Eslovenia. En un castillo, un auténtico castillo de muros gruesos y pequeñas ventanas enrejadas. Por primera vez me sentí a salvo. Me habría gustado quedarme y afirmar: «Este es el sitio al que tenía que llegar. Y he llegado».

Había muchas habitaciones, algunas grandes y otras pequeñas. Había una cuadrada, revestida de azulejos de mayólica azul, con una estufa en medio, bancos alrededor y el techo abovedado. Nunca había visto un techo así, el techo de un castillo. De la sala contigua llegaba el calor del horno. Lo encendían para cocer el pan y de paso nos calentaba. En un rincón de la habitación azul también había un piano que Boris tocaba casi cada noche. En verano la música iba hasta la veranda y de allí se expandía hacia las montañas. Casi al mismo tiempo, en el pueblo se encendían las luces. Siempre pensé que había un nexo entre la música de Boris y las ventanas iluminadas. Él tocaba y el pueblo se encendía.

Vivíamos en un castillo, pero como peones. Hacíamos obras y cultivábamos el huerto que Josko había descubierto en una terraza. Existía desde antes, pero lo habían descuidado y nosotros lo devolvimos a la vida. Quitamos todo lo que había que quitar, cavamos y sembramos. Muchos protestaban; no entendían por qué había que trabajarlo. Sobre todo cuando Josko afirmaba:

—Pronto nos iremos y nos reuniremos con los demás.

—Nos toma el pelo —decían otros.

—Nunca nos iremos de aquí.

—Si vamos a marcharnos, ¿para qué malgastar tanto esfuerzo en plantar achicorias y cebolletas? O lo uno o lo otro.

Por las noches caíamos rendidos, tanto los que protestaban como los que trabajaban en silencio. Puede que el objetivo de Josko fuera precisamente ese, que nos cansáramos. El cansancio domina sobre el miedo, en eso estábamos todos de acuerdo.

O quizá solo pretendiera hacerle un regalo a la señora Golob, dejarle algo nuestro. La señora Golob era la dueña del castillo. Vivía en dos habitaciones del primer piso. Se rumoreaba que estaba loca, que había matado a su marido para heredar el lugar. Nos miraba trabajar, oculta tras los visillos. Creíamos que vigilaba las cebolletas, que sin duda se comería. En realidad, miraba simplemente la vida que habíamos traído con nosotros. Nos observaba y sonreía emocionada porque llevaba años viviendo en soledad. Nosotros habíamos traído la vida. Precisamente nosotros.

En el castillo se lavaba, se limpiaba, se iba a buscar agua a la fuente y se cocinaba por turnos. Al menos en teoría, porque en la cocina siempre había las mismas caras. La cocina era el único sitio donde se estaba caliente y los que tenían tos o dolor de garganta siempre trajinaban por allí. También estaban los que sabían fingir.

Casi siempre me tocaba la fuente. Media hora de ida y una de vuelta. Me venía una fatiga que ni siquiera sabía que existiera. Recuerdo que en alguna ocasión transporté grandes cubos de agua yo solo. Quizá también estuve en la cocina, pero los trabajos ligeros se olvidan deprisa. Sin duda, también arreglé las habitaciones; me acuerdo porque una vez Helene me llamó la atención.

—Es nuestra casa, debemos tratarla bien —dijo, y yo me paré a pensar en que la palabra «casa» no se improvisa, no nace de un día para otro; fue un grave error por parte de Helene.

No solía ir solo a la fuente. Conmigo venían Leo, Hans, Max y otros, según los turnos. Por el camino hablábamos de cómo era antes. Leo y Max eran los que más cosas contaban; no habían perdido la esperanza y en sus discursos siempre había al menos un «cuando nos reunamos con los demás». Hans hablaba muy poco de sí mismo; yo, nada. Nadie me preguntó y no dije ni pío. No estaba preparado. Si hubiese tenido que decir algo, habría hablado de los ruidos. Los ruidos de Berlín que no me abandonaban: el de los zapatos de mi padre deslizándose sobre la nieve, el de las ruedas de un carro que se aleja…

También nevó en Eslovenia y durante esos días dejamos de ir a la fuente porque para tener agua bastaba con salir y llenar un cubo de nieve. No tenía nada que hacer y los ruidos volvieron.

Max encontró un trineo en el desván del castillo. Estaba roto y lo arregló con una cuerda. No inspiraba mucha confianza, pero para mí era suficiente. Elegí una pendiente muy empinada flanqueada por árboles de ramas cercanas al suelo cuyo final no se vislumbraba. Me di impulso con decisión; el viento me silbó en los oídos. El cielo era un techo de hojas de tejo, oscuro. Durante la bajada el único ruido fue el crujido ensordecedor de las hojas bajas. Fue agradable mientras duró. Luego un bache, un salto y tres árboles delante. El momento de no pensar, de no decidir, de dejar que algo ocurriera. Algo definitivo. En cambio, el trineo se inclinó hacia un lado, sentí cómo desaparecía debajo de mí y salí volando.

Ni heridas ni dolor. Solo arañazos en las manos, pero sin sangre. Heridas invisibles, como siempre. Me arrastré hasta un árbol, apoyé la espalda en el tronco y me acordé de que tenía corazón porque se me salió del pecho, lo sentí fuera. Daba golpes contra la corteza, detrás de mí. A mi corazón le costó superar el susto, pero al final lo logró y volvió a su sitio. Solo entonces sentí la fuerza de la madera contra mi espalda.

Pasó lo mismo la primera vez que vi el mar. Habíamos dejado Eslovenia porque ya no estábamos a salvo, porque «algo que se ha torcido», la guerra, había llegado hasta allí. De camino a Italia, cuando el tren había dejado atrás Trieste, vi el gran mar azul.

No me lo imaginaba así. Inmenso. Lo vi pasar por la ventanilla y permanecer inmóvil; era tan grande que ocupaba todo el horizonte. Si Sami hubiera estado ahí, se habría vuelto loco. Y mi madre se habría quedado absorta. En silencio, creo. Se habría llevado las manos a la boca y habría enmudecido. Mi padre, en cambio, no habría parado de hablar. Habría mirado el mar incluso haciendo el pino, como no lo había visto nadie. Habría sacado a flote la divertida maravilla de las cosas.

Pero antes de que viera el mar, en el vagón entraron dos guardias. No hicieron nada, solo entrar y salir, pero el corazón se me enloqueció igualmente. Tardé en olvidarme del miedo, como bajo el árbol.

Durante todo el rato, mientras el corazón me latía con fuerza, miraba fuera de la ventanilla, pero no veía el mar. La magia.

3

Estoy de pie, el tren reduce la velocidad. Por la ventanilla veo el cartel: MÓDENA. Agarro la maleta y clavo los pies en el suelo. Los demás hacen lo mismo. Nos balanceamos al unísono; luego un frenazo brusco hace que perdamos el equilibrio. Por detrás, un hombro me mantiene en pie y yo sujeto a Kurt, que por poco se cae.

—Gracias —dice.

No es a mí a quien debería dar las gracias, pero lo hace. Viajamos todos en el mismo tren, apiñados unos contra otros: somos una cadena, incluso sin quererlo. Me parece ver al comisario Uroš Žun en medio de nosotros, asintiendo. Es en él en quien pienso cuando Kurt me da las gracias. En el señor Žun y en el lugar que ocupa en el centro de la cadena. «Eso es —pienso—: ayudaré a los demás para darle las gracias a él».

De la estación de Módena a la sinagoga hay unos novecientos pasos. Por increíble que pueda parecer, Fritz los cuenta. A medio camino, Benno lo distrae con una de sus preguntas y el cálculo se vuelve aproximativo: unos novecientos pasos.

No hay casi nadie por la calle. Es la hora de comer y todo el mundo está en casa. Las pocas personas con las que nos cruzamos se detienen a mirarnos con curiosidad y eso no es bueno. Sería mejor que caminásemos separados, pero Josko está tranquilo. Él lo cree y sigue repitiéndolo: estamos a salvo. Bastante a salvo. Así que seguimos caminando, cuarenta y nueve personas con maletas y mochilas en una ciudad desierta a la hora de comer. Llamamos la atención.

Pero llegamos sin problemas.

El rabino nos ve de lejos y levanta los brazos al cielo.

—Qué bendición ver a tantos jóvenes juntos. Venid, venid. Venid a rezar —dice.

Solo la mitad de nosotros reza en serio. Los demás fingen por respeto. Josko es ateo y socialista, pero hace el papel. Distribuye miradas torvas para que nos comportemos, pero, cuanto más insiste, más se les escapa la risa a Leo, Hans y Jossel.

Tras las oraciones, comemos en la sinagoga. Fuera hay movimiento, empiezan a circular demasiadas personas. El rabino dice:

—Hay gente de todas las clases, más vale que nos quedemos dentro.

Sus palabras resbalan, el optimismo de Josko no vacila.

Sea como sea, a esas alturas, dentro o fuera, da igual. Comer es la bendición más grande. Cualquier cosa que me llevo a la boca desparece antes de que la mastique. A los demás les pasa lo mismo. Lo veo por la velocidad con que se llenan los platos, se vacían y vuelven a llenarse. La comida está delante de nosotros y nos dice: «Todo lo que debía hacerse se ha hecho. Todo lo que debía superarse se ha superado. Se acabó, ya no hay nada que temer. Cuando os hayáis llenado el estómago, vosotros también lo entenderéis. Tranquilos, se acabó».

Comemos y tratamos de entender, cada uno por su cuenta, en silencio. Lo que yo entiendo, incluso con el estómago lleno, es que no se ha acabado. No ha pasado nada. Porque nada pasa de verdad. Nunca nada pasa del todo.

Nos quedamos poco rato, lo necesario para vaciar los platos y ayudar a quitar la mesa. Luego el rabino nos saluda:

—Buena suerte. —Él también está convencido de que las cosas nos irán mejor en Italia—. Aquí contáis con muchos amigos —dice, y da apretones de manos y regala abrazos.

Nos aconseja que nos separemos para ir a la estación. Mejor que caminemos en pequeños grupos. En Módena saben que han llegado los judíos y siempre anda suelto algún fascista exaltado. Más vale ser prudente.

Un «fascista exaltado» en Italia es como un camisa parda en Alemania, nadie lo dice abiertamente pero es así. Y entonces pienso que el rabino es tan evasivo como Josko cuando asegura que estamos a salvo, pero quiere decir que estamos «bastante a salvo». Yo mantengo las distancias, aún no tengo valor para hacer preguntas, pero espero que los fascistas exaltados vayan de uniforme como en Alemania. La ventaja de que un enemigo lleve uniforme es mínima, pero la hay.

Seguimos el consejo del rabino. Caminamos algo separados, pero el resultado es peor: parecemos muchos más. El caso es que llegamos a la estación sin novedad y eso es lo que cuenta.

El tren es pequeño e incómodo, pero va casi vacío y el trayecto de Módena a Nonantola es corto. No se ve el mar por la ventanilla, solo una pared de árboles que corta el campo. Podría haber una ciudad entera ahí escondida. Incluso Berlín.

Veo matojos bajos y árboles detrás. Y, detrás de los árboles, vete tú a saber.

Llegamos. El tren se detiene delante del cartel Nonantola y bajamos. Somos tantos que llenamos el andén y luego la plaza de la estación. El pueblo podría caber en una cáscara de nuez. El campo que lo rodea no, es inmenso. Nos ponemos en camino, con nosotros hay gente que se comporta como si nos conociera. Tenemos un traductor.

—Aquella es nuestra abadía —señala.

Es una iglesia importante, menciona números y fechas.

—Y aquella es nuestra torre —dice de nuevo, pero de la torre solo entiendo que es cuadrada.

Nos tratan como si fuéramos de excursión y no me gusta. Pueden hacer que bajemos la guardia. «Es demasiado pronto para eso —pienso—, debemos andarnos con cuidado».

Nos cuentan que hasta hace unos dos años en la torre había encerrado un socialista.

—¿Lo detuvieron? —pregunta Josko, que también es socialista y el tema le interesa.

—No, qué va —responden—. Se encerró voluntariamente para protestar contra los fascistas. Pasó catorce años ahí dentro. Desde 1926, ¿puedes creértelo? Era una persona incómoda, se hacía notar, sobre todo cuando estaba encerrado. Así que iban a por él y le daban palizas. Hasta que lo mataron. Pobre Zoboli. No había nadie en su funeral.

El rabino de Módena mencionó «algún fascista exaltado». Pero no es así, son muchos más. No hay que bajar la guardia. No estamos de excursión.

Caminamos y la gente nos observa. Nos estudian, sobre todo los niños. Nos señalan con el dedo, pero hablan en dialecto y no logro pescar ni una palabra. Al italiano que nos hace de guía lo entiendo, incluso sin el traductor, porque habla lentamente. Es él quien nos cuenta la historia de la torre y el socialista. Lo entiendo un poco.

Cuando estábamos en Eslovenia, Josko nos hizo estudiar italiano. Pocas clases que para mí fueron suficientes. Tengo facilidad para los idiomas. Escucho y aprendo. Hay un motivo, un motivo sentimental.

Mi abuela era de Budapest. Conoció a mi abuelo en Berlín. Los dos acababan de llegar. Mi abuelo trabajaba de albañil. Era un ruso como tantos, iba de un lado para otro sobre un andamio del Gran Teatro. Ella lo vio y pensó que para ser tan ágil había que tener un ánimo ligero. Parecía un artista de circo que hacía malabarismos con ladrillos en vez de con mazas. Se detuvo a observarlo, así empezó todo.

Al principio, como ninguno de los dos hablaba alemán, se inventaron un idioma a mitad de camino entre el húngaro y el ruso. Cosas de enamorados. Poco a poco las palabras pasaron del uno al otro. Con el tiempo aprendieron alemán, pero para ellos siempre fue el idioma de las instituciones, de los nombres de las calles. Lo mínimo.

Mi padre nació en medio a aquella orquesta de sonidos y aportó el francés, que aprendió para conocer de cerca al señor Dumas.

Mi madre, a pesar de ser polaca, sabía mucho más francés que mi padre, porque pasaba los veranos en Calais, en casa de una tía. Un año, cuando ya era una joven, hizo etapa en Berlín para encontrarse con una amiga y conoció a mi padre. Él también paseaba por un andamio, también era albañil, pero no tenía la agilidad de mi abuelo. Estaba comiéndose un bocadillo mientras los demás trabajaban. Entonces dejó caer una de sus frases de novela y la historia se repitió. Hasta que nací yo.

Alemán, ruso, francés, húngaro y polaco: nuestros idiomas. Los oigo borbotar en función de las situaciones. Salen cuando los necesito. Pienso en alemán, río en ruso, me enfado en húngaro, como mi abuela, y suspiro en francés. Pero ahora ya no. Hace mucho que no suspiro. El húngaro, en cambio, sigue ahí, todos los días.

Espero en polaco, el idioma de mi madre, de Sami, mi hermano, y de mi tío Hermann, aunque la suya es una historia aparte.

Josko me aseguró que en cuanto acabemos de instalarnos en Nonantola se pondrá en contacto con la Cruz Roja.

—Encontraremos la manera de que podáis escribir a vuestras familias —dijo.

Fue idea suya, nosotros no pedimos nada. Además, creo que nadie sabe qué es la Cruz Roja…

Y heme aquí, el primero de la fila, caminando al lado del italiano enclenque que nos hace de guía. Quiero apresurarme. Llegar, dejar la maleta vacía y ordenar las ideas, concentrarme. Quiero estar seguro de elegir las palabras adecuadas, tengo que pensármelas bien. Luego, cuando Josko nos diga que podemos hacerlo, escribiré la carta.

—Ya hemos llegado, esa es —dice el guía, señalando con el dedo un edificio enorme.

Villa Emma es realmente una villa, con escalinata, puerta acristalada y porche con columnas.

—Tiene muchas habitaciones —nos asegura.

Nosotros somos un montón, cuarenta jóvenes y nueve adultos. Encontrar un sitio para alojarnos a todos no debe de haber sido fácil. Ni en Eslovenia ni aquí.

La puerta está cerrada.

Entre los que nos acompañan hay un *carabiniere* que dice:

—No podéis pasar la noche aquí afuera.

Así que le da una patada a la altura de la cerradura y las dos hojas se abren de par en par. Entramos.

El interior está muy sucio. Las habitaciones son bonitas, tienen los techos pintados al fresco, pero hace años que no entra nadie y están vacías. Vacías y sucias. Josko está furioso, me doy cuenta por la sonrisa tensa que deforma su cara de pajarito bondadoso. Procura mantener la calma incluso cuando vemos que un hombre bien vestido se acerca por el camino. Llega hasta nosotros. Se enjuaga el sudor con un pañuelo blanco que se ha sacado del bolsillo de la chaqueta. Se disculpa.

—No os esperábamos tan pronto. —Él también se cree que vamos de excursión—. Me pongo inmediatamente manos a la obra y enseguida estará todo listo.

Guarda el pañuelo, pero antes lo dobla cuidadosamente. Se nota que está mortificado, o finge estarlo. Cada idioma es sincero a su manera y yo no conozco lo suficiente el italiano como para saber si dice la verdad.

Josko habla a trompicones, más rápido que de costumbre, pero solo se desahoga cuando los italianos se van y nos quedamos solos.

—Que nadie se atreva a protestar. Dejadlo para después de que hayamos arreglado esto. A trabajar, vamos.

Me gusta la idea: no soporto las quejas y este no es el momento de quejarse, pero de todas las habitaciones logramos hacer habitables solo dos. Una para los chicos y otra para las chicas. Hay cuarenta y tres, de las demás nos ocuparemos más adelante.

Antes del anochecer se presenta un campesino. Trabaja en los campos de la villa y se llama Leonardi. Trae paja para que no tengamos que dormir en el suelo.

—Más adelante traeremos camas, esto no es precisamente lo ideal —dice.

Me pregunto si ocuparse de nosotros forma parte de su trabajo. Antes los campos y las vacas, ahora los campos, las vacas y los judíos. Me propongo observarlo con más detenimiento, pero enseguida me doy cuenta de que no le molesta, lo hace de buen grado. Y entonces pienso que su nombre tampoco se olvidará.

La primera noche la pasamos amontonados unos sobre otros, con el vacío a nuestro alrededor. La habitación de los chicos está atestada. Uno puede encontrase el pie de otro delante de las narices. Max defiende su sitio al lado de Benno, el benjamín, porque sus pies son los únicos que no apestan. Benno le agita adrede los calcetines sucios en la cara. Max finge que se desmaya y Benno se ríe. Los primeros días los pasamos así. Por las noches preparamos nuestras camas de paja y por las mañanas la barremos y la amontonamos a un lado. Luego salimos al patio y nos lavamos en la fuente.

Comemos lo que nos traen los campesinos. Los primeros días nos las apañamos. Los campesinos están hechos de la misma pasta que Leonardi, se alegran de poder ayudarnos y se hacen entender. Traen a la villa lo que necesitamos. Se van más ligeros a pesar de que su cargamento solo consista en unos pocos huevos.

Pero es evidente que no nos basta. Somos muchos y no podemos vivir de buenas intenciones. Tenemos que organizarnos. Josko habla con las *trattorie* del pueblo y con todos aquellos que pueden cocinar para nosotros. Acuerda un precio razonable y a la hora de comer nos repartimos. Comemos lo que hay, que está bien. Hemos pasado por cosas peores.

Ya no es como antes, no vivimos aislados y la gente siente curiosidad. Los viejos sentados a las mesas de los cafés nos miran con el rabillo del ojo. Nos escrutan sin abandonar la partida de cartas. Los niños se acercan con más facilidad, sobre todo los más pequeños. Hacen preguntas, tratan de comprobar si lo que han oído es cierto. No sé qué saben de nosotros, pero creo que nada bueno, porque todo les sorprende, les sorprende que seamos normales.

Ahora me hago cargo de cómo deben de sentirse los chimpancés. De niño solía observarlos. Pasaba las tardes en el Tiergarten. Iba con mi abuela. Ella siempre me llevaba una manzana para merendar y a una cierta hora la cortaba en trozos y me daba. Yo escondía un par en la chaqueta, uno en cada bolsillo, y cuando estaba delante de la jaula de los chimpancés los lanzaba a través de los barrotes sin llamar la atención. Mi abuela veía mal, así que era fácil engañarla. Cuando de regreso a casa volvíamos a pasar por delante de la jaula, tenía la impresión de que los chimpancés me sonreían. Los que habían comido manzana, por supuesto, pero también los que solo habían mirado.

Ahora, aquí en Nonantola, los chimpancés somos nosotros. Estamos enjaulados y nos observan, pero ir al pueblo es igualmente agradable. Hay pocas calles, siempre nos cruzamos con las mismas personas, sobre todo los que hablamos italiano mejor que los demás.

También di una vuelta por Módena con Schoky, que es el adulto que se ocupa de los negocios. En Nonantola es más fácil verlo manos a la obra. Se las sabe todas: compra, vende, negocia y siempre logra obtener el acuerdo más ventajoso. Su talento nos resulta útil, sobre todo estando en guerra. Schoky es un polaco dicharachero. Usa la simpatía para no darse a conocer. No es el único que se comporta así.

Hoy tiene que hacer recados en la ciudad.

—Si queréis venir, miro hacia otro lado, nadie se enterará —dice.

No hay necesidad de mirar hacia otro lado, y menos si salimos con un adulto. Schoky finge igualmente que nos hace un favor para que nos sintamos en deuda con él y le debamos algo. Es así como se obtiene lo que se necesita. Y lo que él necesita es mi italiano. No lo admitirá nunca porque el precio subiría.

En Módena me pide que lo acompañe a la ferretería. Traduzco y él sale con dos cajas de material. En la papelería, en cambio, me pide que lo espere fuera. En el escaparate hay cuadernos, plumas, sellos y carteras de piel. Sobre una estantería polvorienta, colocada en lo alto, el retrato de un hombre vestido de negro amenaza a los transeúntes con la mirada. Aparto la mía espontáneamente. Sé que solo es una fotografía, pero no me gusta lo que siento. Cuando sale, Schoky me suelta:

—Deja estar a Mussolini. —Y me agita un sobre blanco delante de las narices—. Josko me dijo que no volviera sin esto —añade.

Se lo arranco de las manos, como si lo suyo fuera una provocación, una broma de mal gusto. Mi gesto lo sorprende, pero no dice nada. Se limita a mirarme con perplejidad. Quizá ha entendido algo, algo que es verdad: no me fío de los negociantes. Si mi padre hubiera considerado que hacer buenos negocios era lo correcto, no se habría pasado la vida contando chistes.

Cuando volvemos a la villa, me busco un sitio debajo del porche. Hace un bonito día de sol. Sopla un viento suave que se lleva el aire húmedo de la tarde. Dicen que aquí no suele suceder. Me gusta ver las hojas de los árboles convertirse en olas verdes.

En mi cabeza tengo las palabras que he repetido muchas veces, la carta que he aprendido de memoria: «Querida madre —estoy a punto de escribir—, te echo de menos y también a mi padre y a mi hermano Sami. No sé cómo logro sobrevivir sin vosotros. Cuando por fin llegue a Eretz Israel, cuando este viaje acabe, os escribiré para deciros cómo reuniros conmigo, porque no puedo imaginar el día de mañana sin vuestra ayuda y sin las pataletas de mi hermano. Si lo pienso, el futuro inmediato se me antoja horrible y el pasado no me sirve de consuelo…».

En cambio, escribo:

> Querida madre:
>
> Desde hace unos días vivo en una villa con un enorme parque florido. Nos tratan bien y hemos superado todos los obstáculos. La comida es buena y casi siempre suficiente. Vivimos todos juntos, como debe ser, y experimentamos

una nueva manera de colaborar. Adonde vamos cada uno tendrá que ocuparse de sus tareas y nadie se verá obligado a ocultar que es judío. Tengo profesores a quienes admiro mucho y leo buenos libros. Cuando llegue a mi destino, os diré qué hacer para reuniros conmigo.

Tu hijo que te quiere,

NATAN

Doblo la hoja. La meto en el sobre. Me quedo con la carta en la mano hasta que el sol empieza a ponerse. No sé en qué pienso. En nada quizá. El tiempo pasa, sencillamente.

Luego le doy la carta a Josko y le digo «gracias».

No responde. Sonríe. La enviará y también resolverá esto, como todo lo demás. Que se trate de pequeños o grandes asuntos para él es indiferente.

Y en este momento el asunto más importante es encontrar camas.

Josko se pone en contacto con un carpintero del pueblo y empiezan a llegar tablas de madera cortadas y pulidas. El carpintero nos explica cómo se montan y nos lo muestra. Las demás tendremos que hacerlas nosotros. Las suyas son perfectas; las nuestras deberían serlo. Esta también es una idea de Josko: aprender a hacerlo todo. Para cuando lleguemos a Eretz Israel. Allí nos espera una vida normal, la vida que no conocemos. Un trabajo, nuevos amigos. Debemos llegar preparados: el mejor momento para estar bien mañana es ahora. Eso dice.

Al final del día celebramos una reunión. Solemos juntarnos, hacemos balance de la situación. Hablamos de lo que funciona y de lo que no. A mí me cuesta participar porque prefiero observar y pensar que hablar. Siempre hay alguien que utiliza las palabras con más propiedad o que se expresa mejor que yo. Voces más cautivadoras.

Josko se dio cuenta en Eslovenia.

—Eso no está bien, Natan. No puedes delegar en los demás. Las cosas solo funcionan si todo el mundo participa —me dijo aparte.

Traté de replicar, pero Josko no dio su brazo a torcer.

—Dispones de tiempo. Nos estamos preparando para cuando estemos en Eretz Israel, para escuchar y hacernos escuchar. Te resultará fácil.

—Pero ¿por qué, Josko? Yo…

—Porque estamos experimentado una nueva manera de vivir todos juntos, Natan. Lo necesitamos.

No sé si lo creía realmente o si solo pretendía convencerme. Pero la idea me gustó. Los supervivientes marcaremos el camino. Por eso lo dejé hablar, no lo contradije. Y he pensado en ello todo este tiempo.

Levanto la mano y tomo la palabra. Mientras hablo tengo la impresión de estar fuera de lugar, pero llego hasta el final.

—Lo que más echo de menos en esta nueva casa son los conciertos del maestro Boris. Me gustaría que dispusiéramos de un piano, como en Eslovenia —digo.

—Es verdad —comenta alguien—, sería bonito.

Schoky aprieta los ojos y me mira con perplejidad. Calcula, hace cuentas con los dedos.

—Sí, creo que es factible —confirma.

Boris es un pianista de verdad. Hubo un tiempo en que subía al escenario vestido de pingüino. Antes de que los camisas pardas lo bajaran a la fuerza estaba muy solicitado.

Sus gestos son delicados y musicales, tienes la impresión de oír el sonido de un piano incluso cuando indica un camino o un cartel lejano. Cuando mueve el índice, dentro empieza la música.

Nadie sabe por qué se fue de Rusia. Era famoso, pero se trasladó a Berlín y tuvo que empezar de cero. Lo logró, se hizo valer. En Berlín vivía en un piso enorme y lo invitaban a las fiestas. Antes de que llegaran los camisas pardas, daba clases a hijos de personas importantes. Políticos, gente rica.

Luego todo cambió para él. Para todos. Quizá más para él.

Ahora Boris nos enseña música a nosotros, y también lo hará aquí, dará de nuevo conciertos. Un instante de silencio, se concentrará y hará desaparecer lo superfluo. El blanco de las paredes, la oscuridad en las ventanas, el frío que nos rodea, todo. Será así, lo sabemos. Sus dedos se deslizarán sobre el piano y solo existirá la música. Al principio. Luego la música también desaparecerá y reiremos o lloraremos sin saber por qué. Boris es un titiritero. Toca las teclas y la historia te pasa por delante. O, mejor dicho, te entra dentro, pero no por los oídos. Es una historia sin palabras que sientes en las entrañas o en la espalda o en cualquier otro sitio. Hay órganos del cuerpo cuya existencia desconocemos. Por eso reímos o lloramos sin motivo. Porque aún no sabemos cómo estamos hechos por dentro.

Los habitantes del pueblo acuden a curiosear. Buscan excusas, pasa continuamente.

Dos chicos se arman de valor y entran en el parque de la villa. Uno es un poco mayor que el otro, pero tienen más o menos nuestra edad, al menos eso creo. El mayor es alto y delgado, el menor bajo y robusto. Hacen una pareja de tebeo. Los acompaña una chica. Se esconde detrás de ellos, no le gusta estar aquí.

Los chicos hablan con Agnes, que hoy se encarga de hacer la colada y de tender la ropa. El alto le muestra un libro.

—Lo hemos encontrado en el café de via Roma. No está en italiano. Se lo ha olvidado uno de vosotros. Quizá es importante... —dice.

Agnes no es en absoluto la más guapa de las chicas de la villa, pero es la que más se mira al espejo. Todo el mundo lo sabe porque el único que hay está en medio del pasillo. Pero ella no se corta e incluso pide opinión a los que pasan. Se observa de un perfil, luego del otro, mira adelante y sonríe. Con los labios retraídos, entreabiertos, mostrando los dientes. Habría que felicitarla por la tenacidad.

No es una casualidad que los chicos se hayan puesto a hablar con ella. Los ha engatusado. Seguro. Y ellos han picado. Pero Agnes también es la que menos comprende el italiano. Puede sonreír y poner poses, mostrar los hoyuelos, si acaso. Nada más. Para su desgracia, los chicos tienen un interés real en devolver el libro. Como mucho han venido a curiosear y a darse una vuelta por la villa, así que se despiden y entran. Buscan a alguien, que los conduce hasta mí.

El más alto repite la historia desde el principio, pero echándole muchas ganas, lentamente. Agnes nos ha hecho quedar mal. El más bajo mira a su alrededor y trata de capturar detalles y memorizarlos. Se hace entender porque mira indiferentemente al suelo, hacia arriba, a la derecha y a la izquierda, en ninguna dirección concreta. Luego se acerca al alto y le murmura algo al oído. No me gusta, tiene una actitud sospechosa, de espía. Pero la chica sale por detrás, me pone el libro en la mano y desparece de nuevo.

El título del libro es *Wohlgefülltes Schatzkästlein. Deutschen Scherzes und Humors*, publicado por el señor Spemann, de Stuttgart. Lo hojeo. El bajo me pide que le traduzca el título. Pienso: «Nada, un pequeño volumen que contiene chistes, algo humorístico. El típico humor alemán...», pero no lo digo porque Agnes, que entretanto ha subido al piso de arriba, baja las escaleras a paso lento, como si desfilara, y ahora todos miran en su dirección. La chica —no Agnes, sino la que me ha entregado el libro— me mira con demasiada intensidad, espera una palabra, una señal. Puede que también la respuesta a la pregunta de antes, la traducción del título. Permanece detrás de sus amigos y estudia mi indecisión. Hago caso omiso. Lo intento.

Agnes suelta algo en alemán.

—Traduce —me ordena.

Lo dice en tono duro, pero sin dejar de sonreír. Siento que la garganta se me cierra por dentro.

Le doy la vuelta al libro para no tener que volver a leer el título. Acaricio la cubierta. No sé por qué. Miro fuera de la ventana. Y luego leo de nuevo el título. Y miro al alto. Y al bajo. Y a Agnes. Y nada más. Es como cuando piensas «no debo hacerlo» y es exactamente lo que haces, porque le has dado demasiadas vueltas a lo que no deberías hacer; lo has pensado tan intensamente que te ha entrado dentro.

Entonces me echo a llorar como un imbécil. Salgo. La chica corre detrás de mí para decirme algo. Me dice que no lo sabía, que no se lo imaginaba. Me pide perdón. Yo también corro para que no me alcancen ni ella ni sus excusas. No habría tenido palabras para decirle que lo dejara pasar, que ella no tenía nada que ver y que de todas formas sería largo de explicar. Que, en el fondo, comprender no sirve de nada.

Llorar por un libro de chistes es como un chiste de mi padre: explicarlo no sirve de nada.

Cuando no contaba chistes, mi padre se inventaba bromitas sobre el tío Hermann, que era un blanco fácil porque solía apartarse, circunspecto y en silencio, en un rincón de la casa. Era el único de la familia que se tomaba en serio la religión, por eso vestía de negro y respetaba las reglas. Había estudiado el texto sagrado, la Torá, y conocía las interpretaciones de los sabios. Pero no se enfadaba con nosotros. Aunque no observáramos las reglas como él, no se enfadaba porque era tolerante. Además, se mantenía al margen de las discusiones. Y de los chismes. Si alguien llevaba las de perder con las malas lenguas, ese era él. Y lo sabía. No se había casado, vivía solo en un piso oscuro y lleno de polvo. Nunca perdió un instante en pasar un trapo por las estanterías. Solo los libros estaban limpios, porque cada vez que cogía uno soplaba sobre él y lo acariciaba antes de abrirlo. Cuando no se encontraba bien, la señora Mizrachi se encargaba de cocinarle según los preceptos de la religión.

—Le llevo la comida al tío Hermann —decía yo—, voy a ver cómo está.

Y bajaba a la casa de la señora Mizrachi, en el piso de abajo. Una amabilidad con la que contentaba a mi madre pero que para mí era solo una excusa para entrar en aquel piso lleno de libros y polvo.

Mi tío estudiaba sin cesar. Sabía de memoria cada renglón de sus libros, pero seguía estudiando. En los libros hallaba los horizontes abiertos de los que su casa carecía. Su piso era tan pequeño que en la habitación solo cabía la cama. El armario estaba en el pasillo, casi obstruyendo el paso. Sin embargo, en el salón —que también era un cuchitril— había hecho sitio a una mesita baja con un tablero de ajedrez cuyas piezas estaban dispuestas encima. Jugaba solo, pero tenía dos sillas. Cuando le tocaba jugar con las negras, se sentaba y movía. Luego se levantaba y estudiaba el tablero desde arriba. Musitaba, se sentaba en el lado opuesto y movía una de las piezas blancas.

El tío Hermann siempre estuvo un poco chiflado, pero tenía un toque de genialidad. Era uno de esos tipos raros que resumen en una sola frase todo lo debe saberse, en una sola. Pronunciaba las palabras apenas apoyándolas en los labios. Parecía que las hubiera tomado prestadas. Venían de lejos y se detenían fugazmente. Lo indispensable para salir bien paradas de la comparación con todas las demás que había pronunciado hasta entonces, para revelar su banalidad antes de desaparecer.

Un día el tío Hermann me dijo:

—Si tienes que aprender a tocar un instrumento, *dreidel*, elige el violín.

Tenía por costumbre llamarme *dreidel*, «peonza», porque me contaba que de pequeño lo obligaba a cogerme de las manos y a dar vueltas sobre sí mismo muy rápido. Para un hombre tan serio, tan severo, debió de ser un auténtico tormento.

—¿Por qué el violín, tío?

—Para escapar mejor, tontito. Figúrate qué fatigoso sería escapar con un piano al hombro.

¡Una broma! Increíble, había vida en aquella santa cabeza.

—Tienes que estar preparado, *dreidel*. Como si todos los días fueran Pascua. Tienes que estar preparado aunque el pan aún no haya fermentado.

No tenía mucho contacto con el tío Hermann. Aunque él toleraba nuestra manera de vivir, permanecía a distancia, por precaución. Cuando venía a casa, sobre todo con ocasión de las festividades, y compartía el mismo techo con otros parientes, el tío Hermann se apartaba y observaba. Nunca respondía a quien le dirigía la palabra antes de haber reflexionado un buen rato. Tras semejante pausa, su respuesta, fuera la que fuese, siempre resultaba incómoda para la persona que se le había acercado y que quizá solo pretendía charlar un rato.

Mi madre le tenía mucho cariño y sentía por él una admiración que rozaba el temor reverencial.

—Es tan inteligente… —decía, y ese reconocimiento los separaba, porque a un tío como el tío Hermann podía venerársele, pero difícilmente comprenderlo.

—¿Y el ajedrez, tío? ¿Por qué te gusta tanto jugar al ajedrez?

—El ajedrez, dices, *dreidel*. El ajedrez es el juego supremo. En el ajedrez no existe la suerte. La única ventaja que puedes tener nace de aquí, del tablero. Jugada tras jugada. Puedes ser un judío o el amo de la nación: si razonas, ganas.

4

Ahora todo está en orden. Hemos arreglado las habitaciones que necesitamos y los días pasan idénticos, uno tras otro. Buena señal.

A la villa llega un hombre importante. Lleva el bigote engominado y los zapatos brillantes. Da una vuelta por las habitaciones de la planta baja. No sube arriba. Se entretiene a hablar con Josko. Repite que no se esperaban que llegáramos tan pronto, pero que ahora los problemas ya se han resuelto.

—Ahora todo está en orden —dice—, hay dinero disponible. La DELASEM correrá con todos los gastos.

La señora Freier la habría llamado «organización», aquí la llaman «DELASEM». En esencia es lo mismo. DELASEM significa «Delegación para la Asistencia de Emigrantes Judíos». Nos ayudan. Eso es suficiente para considerarlos importantes.

El hombre del bigote engominado y los zapatos brillantes está tranquilo, infunde seguridad. Debe de haber fallado mucho en el pasado y lo admite:

—Cuando era alcalde del pueblo cometí errores.

No entiendo a qué se refiere, pero da una vuelta por la

villa y pregunta si necesitamos algo más. Schoky habla de dinero con él.

—¿Ha recibido la lista que le he enviado, señor Friedmann? —le pregunta.

—Sí, sí. Ningún problema —responde—. Estoy satisfecho. Hemos logrado juntar una buena suma, podemos comprarlo todo...

—Falta una cosa. Un piano. Sé que no habíamos hablado de eso, pero...

El señor Friedmann se acaricia el bigote y da un golpe de tos para aclararse la garganta. Schoky no le deja tiempo para reflexionar. Si reflexiona, objeta.

—Lo necesitamos. La moral de los chicos no es buena. Además, tenemos un profesor de música entre nosotros, se llama Boris. A los chicos les gusta escuchar cómo toca. Para ellos forma parte de la normalidad. Estos muchachos se merecen un poco de normalidad. Funciona, lo comprobamos donde estuvimos antes, en Eslovenia. Puede venir a uno de sus conciertos, está invitado —añade.

El señor Friedmann hace una señal de asentimiento.

—Entiendo los términos de la cuestión. Haré lo posible.

Dice exactamente eso: «Entiendo los términos de la cuestión». Es su lenguaje. El suyo y el de Schoky.

Escucho y me dejo sorprender por mis pensamientos. Schoky podría usar ese lenguaje —«entiendo los términos de la cuestión» y toda la pesca— incluso fuera de aquí. Es más, fuera podría obtener resultados mucho mejores. Para sí mismo. Pero está con nosotros y lo usa para darle un piano a Boris. Porque uno de los chicos se lo ha pedido. Y los chicos se merecen un poco de normalidad, eso ha dicho.

Markus Silberschatz, Schoky, espero de corazón que tu nombre nunca se olvide.

El señor Friedmann se despide de Josko y Schoky. A Boris le dice:

—No veo la hora de escucharle.

Boris no lo entiende, pero sonríe igualmente y le responde:

—Hasta pronto.

Antes de irse, el señor Friedmann se detiene y mira la fachada de la villa. Está satisfecho. No debo permitir que su bigote y sus zapatos me influyan. Y no hay tiempo para preguntar qué errores cometió. Cumplirá con su deber y su nombre también se recordará.

En efecto, al poco, una semana, llega el piano. Boris dice que es bueno. Lo celebramos con música alegre y bailamos la hora, nuestro baile, en corro. Sonja está sentada en una silla y nos mira con tristeza, de lejos. Siempre pasa lo mismo. Cuando nos divertimos, ella se ensombrece. Cuando no puede más, se va a otra habitación a llorar.

Sonja vivía en el barrio de Scheunenviertel, pero ya no le queda nadie. Vivía con su madre y sus dos hermanos mayores. A su padre y a su hermana pequeña los mataron en la calle. No se sabe por qué. Los agredieron mientras caminaban. Él se había negado a cambiar sus costumbres, había seguido haciendo lo mismo de siempre. Quizá por eso. Los encontraron en el río Spree, juntos. Dijeron que parecía que estaban abrazados.

Habían vivido holgadamente durante años; el padre tenía una fábrica de juguetes, las cosas le iban bien. Había hecho traer de Bielefeld máquinas para cortar metal. El resultado fueron unos excelentes juguetes de cuerda, con los mejores muelles de toda Alemania, indestructibles. Así transcurrió la infancia de Sonja, jugando con prototipos de juguetes caros que habrían hecho las delicias de cualquier niño.

—Quién sabe. Si mi familia no hubiera sido tan rica, quizá nos habrían dejado en paz —dice ahora.

No, no es así. Los habrían atacado igualmente. En cualquier caso, se habrían llevado a sus hermanos y su madre habría muerto de pena. En su cama, una de las muchas noches insomnes. Sonja era la única de nosotros que no le había abierto la puerta a la señora Freier. La señora Freier llamó y le imploró que le abriera, pero ella la dejó fuera. Se quedó con la oreja apoyada en la puerta de su gran casa vacía y esperó a que la desconocida se marchara.

La señora Freier volvió la noche siguiente, y la siguiente. Al final, metió una nota con la dirección por debajo de la madera. Pero ni con esas Sonja se decidió, así que fueron a buscarla cuatro personas. Tres chicos y una chica. Entraron por la ventana, Sonja gritó. La chica la tranquilizó.

—Hemos venido a buscarte —le dijo—. Ha llegado la hora de irse.

Sonja no es una amiga, no puedo decir eso. Aquí no tengo amigos, sobre todo entre las chicas. Pero su mirada negra es un pozo sin fondo. Y yo me caigo dentro porque nunca he aprendido a mantenerme en equilibrio sobre el dolor de los demás. No sé hacerlo. También por eso apoyo la espalda contra la pared y espero a que la música de Boris me cargue los pulmones y suba hasta la garganta, hasta llenarme la cabeza y anular cualquier pensamiento. Sigo sin entender cómo es posible, pero ese es el efecto que me provoca.

Cuando Boris acaba de tocar, hace de nuevo buen tiempo. Alguien se lo hace notar.

—Mire, profesor, toca tan bien que ha hecho salir el sol —dice.

Él agita la mano como ahuyentando las palabras, pero se nota que agradece el cumplido. Los artistas son sensibles a los cumplidos.

Es cierto que el tiempo ha cambiado. La luz llega directa a los ojos. Es una molestia agradable. Hay cierta excitación en el aire, en parte por la música, que aún resuena dentro, y en parte porque el buen tiempo acabará pronto. Es el instinto. Hay que aprovechar el aire tibio. No durará mucho.

La más inquieta es Agnes.

—Dime que me harás un favor. Dímelo, te lo ruego —susurra tras acercarse a mí.

«Responde que no», me sugiero a mí mismo. Agnes no pide favores normales. Pero por desagracia me desoigo. Nunca me hago caso.

—Vale —respondo.

Veo por la ventana al chico alto que vino ayer a devolver el libro y comprendo el favor que pretende que le haga. Se queda bajo los árboles y observa la villa. Quién sabe cuánto hace que está ahí. Quizá haya escuchado la música de Boris. Está con su amigo, el bajito.

Agnes se para delante del cristal de la puertaventana, se refleja, se atusa el pelo; luego me hace una señal con la mano para que la siga.

—¡Vamos, date prisa! —dice.

¿No es la clase de favor que las chicas se piden entre amigas? ¿Qué tengo que ver yo? ¿Qué opinión tiene Agnes de mí? Desde luego no muy buena.

En cuanto estamos fuera, afloja el paso y camina como si nada, como si no hubiera salido adrede.

—Miran hacia aquí, ¿no?

El alto tampoco es tan alto y el bajo no es el bajo de la otra vez. La chica no está, o bien se ha escondido mejor que ellos. Mi reacción debió de dejarla de piedra. Lo lamento un poco.

—Sí —respondo—. Diría que sí. Miran hacia aquí.

—Y, ahora, ¿qué hacemos?

Ni lo sé ni me importa. ¿Qué pinto aquí con Agnes?

Ella aparenta tranquilidad, pero en el fondo está aterrorizada. Camina con los ojos muy abiertos, ausente y presente a la vez. Pasamos por al lado de la ropa tendida y ella finge quitar alguna prenda, a pesar de que todas están mojadas. Las mangas se le cubren de sombras húmedas. Si fuera ellos, pensaría que está obsesionada con la colada, pero no se lo digo para no ponerla aún más nerviosa.

Con decir que a Agnes no la soporto en circunstancias normales, ya está todo dicho. Resisto a la tentación de dejarla plantada porque hay algo que no me encaja.

—¡Haz algo! ¡Vamos! —dice—. Eres tú el que sabe italiano, ¿no? ¡Llámalos!

Los chicos cuchichean entre ellos, el bajo se encoje de hombros y se ríe con socarronería. Un chiste, quizá. Luego nos señala con la barbilla y hurga en el bolsillo de atrás de los pantalones, saca algo y se lo da al otro, el larguirucho.

Agnes, en cambio, acaba de pasarme las camisas y ahora tengo entre los brazos un montón de ropa empapada. Le sigo la corriente, aunque lo suyo habría sido salir a recogerla con un barreño. La miro. Tiene la misma postura que ayer: la cabeza ligeramente inclinada hacia atrás y de puntillas, a pesar de que la cuerda no está tan alta. Me habla de cosas que no tienen nada que ver entre ellas. Comida y proyectos para el futuro. Música y que mañana lloverá. Entretanto, mira un punto indefinido del horizonte más allá de la larga hilera de los chopos.

Agnes es idiota. Por más que trate de recapacitar sobre lo que hace, por más que busque una motivación sensata a su comportamiento. Mi convicción se basa en los hechos.

Debe de haber comprendido que no tengo la intención de colaborar, porque se arma de valor y se dirige a los chicos, que no cesan de mirarnos y de reírse por lo bajo. Suelta una de las dos palabras que sabe en italiano:

—*Buonchiorno!* —dice.

Un «hola» habría sido suficiente. Y más fácil de pronunciar, pero ella prefiere *«buonchiorno»*. Se le antoja más elegante, por eso lo ha elegido. Estoy seguro. Agnes tiene algún talento, pero lo guarda en la parte equivocada de su cerebro.

También agita una mano para corroborar que lo que dice es precisamente *«buonchiorno»*, por si acaso no se hubiera entendido. Los chicos se acercan con lentitud y siguen mirándonos con una expresión que no me convence.

El más alto recoge algo del suelo. El otro hace lo mismo. Parece una imitación, una escena teatral. Luego se paran los dos a la vez, abren las piernas y tensan los brazos. Como si hicieran estiramiento o tensaran una cuerda. En efecto, así es: algo tensan, pero una cuerda no es.

Tienen una honda en la mano, nos lanzan piedras. Piedras que nos pasan a la altura de las orejas y nos rozan, silbando como proyectiles. Agnes se pone rígida, no reacciona. No digo que se quede con la mano suspendida en el aire, pero no da señales de alerta, no entiende la situación. No tenemos tiempo para pensar. Ellos son dos y yo la tengo a ella, a Agnes, que si ya es un lastre despierta, ni qué decir embobada. Si se nos acercan, si hubiera un enfrentamiento, no tendríamos ninguna posibilidad.

—¡Corre, Agnes, corre! —grito.

Le agarro la mano y tiro de ella. Dejamos una larga estela de ropa a nuestro paso. Solo pienso en huir porque tengo la sospecha de que esos no han venido solos. Y de que no han venido a tirarnos un par de piedras recogidas en el momento. Agnes primero corre, luego se resbala, pero yo sigo tirando de ella. Logro ponerla de pie, veo sangre en su rodilla, un corte largo y recto. Debe de haberla refregado contra algo puntiagudo, pero no es el momento de detenerse a comprobarlo. Ahora toca apretar los dientes y echar a correr. «Haz como yo, Agnes. Corre sin pensar». Me paso su brazo alrededor del cuello, la sujeto y me doy la vuelta. Tengo que saber cuánta ventaja llevamos, si nos pisan los talones o si alguien se ha unido a ellos. Para decidir qué tengo que hacer, primero he de saber cuántos son. Al menos eso.

Me paro.

No nos siguen. Y no hay nadie más, solo ellos.

Están allí, parados donde los hemos dejado. Y se ríen. De nosotros, de lo asustados que estamos. O mejor dicho de mí, porque Agnes aún no se ha enterado de nada. El más alto le devuelve la honda al más bajo y se van. Sin más, como si fuera un juego que ha acabado demasiado pronto. Como si no hubiera un motivo secundario y su presencia aquí solo tuviera como objetivo ver cómo escapábamos.

Suelto el brazo de Agnes y ella cae al suelo. No tiene la intención de mantenerse erguida, en equilibrio sobre un pie.

Agnes es un saco de patatas que se desploma. Y lloriquea con la boca abierta, como una niña que sabe que tarde o temprano alguien acudirá en su ayuda. «Y entonces ya verás. Tendrás que vértelas con él».

Josko sale corriendo de la villa y dice que llamen a Helene. Ella también llega corriendo, luego acuden los demás y forman un público. Al público Agnes no puede resistirse. Monta un número sonado. Me culpa de haberla arrastrado sin motivo mientras retiraba tranquilamente la colada.

—¡Y ahora tengo una pierna rota! —grita.

—La pierna no está rota, pero necesitarás puntos —la tranquiliza Helene.

Pero la mención a los puntos no tranquiliza a Agnes, en absoluto.

No sé si le tiene miedo a la aguja o es la cicatriz lo que la aterroriza. La cicatriz que marcará para siempre su bonita pierna derecha. Si se lo preguntaran, sería capaz de decir que es su pierna preferida. Hablaría de ella en pasado, estoy seguro, como si ya viera un destino marcado, una amputación.

—Si no fuera por mí, ahora no tendría un agujero en una pierna, sino en la cabeza —trato de defenderme.

No sirve de nada. Agnes resopla y levanta la voz y el público que la rodea se pone de su lado. Siempre se toma partido por quien levanta la voz y gesticula. Sobre todo si tienen que darle puntos.

También hay algo que nadie toma en consideración y me parece extraño, porque es evidente.

—Entraron en Villa Emma para devolver un libro —digo— y se presentan al día siguiente con una honda. ¿Qué les impide volver con una pistola? ¿Por qué no debería pasar nada?

¿Soy el único que piensa que no todo lo que hemos dejado atrás se ha superado para siempre? ¿En serio?

Helene tapona la herida, Josko me mira, pero parece como si no me hubiera escuchado. Está distraído, o bien no les da peso a mis palabras. O quizá también está preocupado como yo, pero no quiere que se le note. Si Josko se derrumba, todo se derrumba. Josko sabe ser impenetrable cuando quiere.

Si Agnes dejara de centrarse en sí misma, en su pierna, si no estuviera tan pagada de la atención que le dispensan los chicos, sobre todo los chicos, vería la mirada severa de Sonja. Sonja la silenciosa. Leería en sus ojos mi misma preocupación. Y quizá también en los de Josko, si Josko abandonara su papel.

Si fuera Sonja la que está tumbada en el suelo con la pierna ensangrentada, no lloraría. «Sí, las hemos pasado canutas, pero Natan me ha ayudado y ahora estamos a salvo. Hemos tenido suerte. Ha sido una suerte que fueran solo dos y que solo llevaran hondas. No quiero ni pensar lo que habría podido ocurrir si hubieran ido armados».

Pero Agnes no es Sonja y sobre todo no es silenciosa. Habla y llora y, cuando siente que la atención disminuye o varias personas se distraen, incluso grita.

Helene dice:

—Sí, necesita puntos. Hay que llamar a un médico.

El médico se llama Giuseppe Moreali. Su nombre tampoco se olvidará. No viene solo, llega en compañía de un niño. Se nota que es su hijo, se parecen. El médico es calvo y poca cosa, mientras que el niño tiene el cabello espeso y es algo rechoncho. Pero tienen la misma expresión, los mismos rasgos. El niño ha venido a curiosear, como quieren hacer todos en el pueblo. Debe de haber insistido mucho para acompañar a su padre. Espero que no lleve una honda escondida en alguna parte.

Cuando el médico saca del maletín un frasco oscuro y una caja de metal, Agnes se agita.

Pregunta:

—Pero ¿este médico es bueno?

Cree que puede hablar libremente en alemán. Usa nuestro idioma como un código secreto y espera que alguien le responda. El niño intuye su duda, quizá por el tono, porque mira a su padre con cierta preocupación. Casi con sospecha.

El médico la entiende muy bien, en cambio, porque responde en alemán:

—Soy el mejor del pueblo.

Pasa el líquido oscuro sobre la herida recién lavada con un paño húmedo. Luego, esta vez en italiano, añade:

—También porque soy el único.

El niño sonríe, el padre también. Y yo. La única que no entiende la broma es Agnes, que en efecto permanece tranquila y se deja pinchar y coser. Resopla, bufa y da saltitos sobre las nalgas. Dice «basta, basta» con las manos, pero se deja coser. Cuando el médico y el niño están a punto de irse, Josko le pregunta qué le debe por las molestias.

—No es ninguna molestia —responde el doctor Moreali—. Es más, si me necesitan, si puedo ayudarlos, no tengan reparos. Llámenme. Como médico, obviamente, pero no solo eso. Si necesitan algo, pídanlo —puntualiza creyendo que quizá no ha sido lo suficientemente claro.

Y concluye con una invitación a tener cuidado.

—Los jóvenes están llenos de energía. Pero una cosa es golpearse una pierna y otra la cabeza. Podía haber sido peor.

Me lo tomo a mal.

—No podíamos evitarlo. Nos han atacado. Eran dos y se han puesto a lanzarnos piedras. Ha pasado lo que tenía que pasar —digo.

Estoy nervioso, lo admito, porque sé que tengo la culpa. Debería haber sopesado el peligro antes de dejarme dominar por el pánico. Además, es verdad que he hecho caer a Agnes, y sí, podría haber sido peor.

La verdad es que aquí todo es nuevo. No sé dónde estoy, no sé cómo funciona. Todo el mundo dice que podemos estar tranquilos, pero también que debemos tener cuidado. ¿Cuál es el límite?

Aquí somos un grupo de desconocidos. Nadie nos ha visto nacer y crecer, nadie sabe quiénes somos. Solo nos han visto llegar. En tren, un día cualquiera. Estaban tranquilos, sentados a la mesa o trabajando en los campos, y nos vieron llegar. Arrastramos nuestras maletas hasta la villa. Punto. ¿Por qué deberíamos fiarnos?

Al médico le sorprende mi tono y Josko está molesto. Las mías no son maneras. Sé cómo piensa Josko. Hay que comprenderse a uno mismo para que te comprendan, eso es lo que piensa.

—¿Qué ha pasado exactamente? —pregunta el doctor Moreali.

Le cuento lo que sé: lo del libro, los dos chicos que entraron en la villa y luego que el alto ha regresado con la honda y con su amigo más bajo.

—Qué raro —concluye el médico.

Está turbado y parece no haber comprendido del todo el sentido de mis palabras. O bien él tampoco me cree. Seguramente no me cree.

—Preguntaré por ahí si alguien sabe algo —dice, yendo al grano.

—¡Yo no digo mentiras!

Mi voz sale sola. Dura. Más dura de lo que quiero. Las palabras son italianas, pero el tono es el húngaro de mi abuela. No admite réplica. Josko estalla.

—¡Natan!

Sabe que no lo dejaré estar y no quiere que acabe ofendiendo al médico. A mí, en cambio, no me importa. Es mejor para todos que se lo piense dos veces antes de hacerme quedar como un mentiroso.

El doctor está tranquilo.

—Te cuento —dice—. Aquí, en Nonantola, hay pocos fascistas. Los conocemos muy bien. Ninguno de ellos haría algo así. Puedo equivocarme, pero no creo. Podría ser alguien de fuera y eso es otro cantar. Aquí uno no se convierte en fascista por convicción, ¿sabes...? Para hacer carrera o incluso para conseguir un trabajo, sí. Así son las cosas con los fascistas: el que no se doblega acaba de médico entre las gallinas.

Sonríe. Es una sonrisa tímida, pero determinada. Ser médico entre las gallinas es una medalla que se ha colgado en la solapa y quiere que lo sepa. Hace falta valor para vivir con dignidad. Y el valor no falta, eso quiere decir.

—Dame unos días y estoy seguro de que volveré con noticias. Conozco a todo el mundo y siempre hay alguien que sabe más que los demás. Entretanto, cuida de tu amiga, ¿de acuerdo?

—De acuerdo —respondo.

Su manera de hablar me tranquiliza. Josko se da cuenta. Me pone la mano sobre el hombro. Acompañamos al doctor y a su hijo a la puerta. Antes de salir, el niño se para delante del piano.

—¿Tocáis? —pregunta el doctor.

—Sí, hay un músico entre nosotros.

Antes de que Josko acabe la frase, el médico le dice a su hijo:

—Qué suerte, ¿no, Giambattista?

El niño asiente con la cabeza y mueve los dedos como si acariciara las teclas. El mismo gesto, íntimo y magnífico, que le he visto hacer a Boris. Padre e hijo salen y solo entonces me doy cuenta de que hemos dejado a los demás alrededor de Agnes. Tiene a Leo agarrado de la muñeca y le pide que la ayude.

—Échame una mano. No puedo ponerme de pie.

No sé si le duele o no, pero una herida es una ocasión espléndida para poner en práctica las poses estudiadas delante del espejo.

Todavía tengo la mano de Josko sobre el hombro. No entiendo si simplemente la apoya o si trata de retenerme. Supongo que quiere reanudar la conversación.

Primero Agnes, luego los agresores y el doctor y ahora Josko. Tener que discutir con él cerrará una jornada que empezó bien, con Boris, con su música, que hizo salir el sol.

Josko nota que me estoy escurriendo de su agarre y dice:

—Espera, no tengas prisa por marcharte. Tengo algo que darte.

No es lo que creía, ningún sermón, pero está nervioso. Lo comprendo: podía haber armado un lío con el médico. Hace todo lo posible por mostrarse tranquilo, pero está atacado.

Saca una carta de la chaqueta. Una carta para mí.

La respuesta que esperaba.

Querido hijo:

Tus noticias me regalan una felicidad que no sentía desde hacía tiempo. Tu hermano Sami estuvo mal del estómago la semana pasada, pero ahora ya está bien. Viví unos días de angustia a causa de sus condiciones de salud y también por ti, que estás tan lejos. Ahora puedo tranquilizarme.

Nuestros amigos nos echan una mano. Incluso evitan que salga a comprar. Me traen lo necesario y de vez en cuando la señora Margarete viene a casa a pasar la tarde. Me gusta charlar un rato con ella. A su marido, al igual que a tu pobre padre, se lo llevaron hace un mes. Desde entonces nos frecuentamos más. Nos une la desgracia y sabemos que podemos hacernos confidencias. Es ella quien me pone al día. No hay nada seguro, pero quizá tu padre esté bastante cerca de Berlín. Corren rumores. Dicen que nuestros hombres están trabajando en las fábricas. Sustituyen a los trabajadores que ahora están en el frente. Por eso los han capturado, porque a la industria le sirve la mano de obra. Solo son rumores, pero tengo la sensación de que cuando la guerra acabe volverán a casa. Como sabes, tu madre tiene intuición para estas cosas y difícilmente se equivoca.

Tu carta me ha colmado de alegría y espero recibir más en los próximos días. Da las gracias a tus acompañantes por haber hecho posible este milagro y haz lo que te digan. Cuando estés en Eretz Israel, me darás instrucciones para que nos reunamos contigo y nuestra familia esté de nuevo unida.

Con todo mi corazón,

Tu querida madre

Hay cosas por las que es justo llorar. En general no, no se tiene derecho a llorar. No se puede ignorar el dolor de los demás arrastrándolos al propio. Pero, si descubres que tu madre y tu hermano siguen vivos, entonces es lícito llorar.

Quizá mi padre también esté vivo, al menos eso dice la carta. Quizá lo han cogido para ponerlo a trabajar. Y es verdad que uno se puede fiar de la intuición de mi madre. Ella no pierde el tiempo con conjeturas, va al grano. Ve lo que hay más allá de las palabras. Y, por lo general, lo adivina. Sí, intuición, así lo llama.

Tengo la impresión de que la carta que acaricio entre los dedos desprende aroma a nuestra casa. Huele bien, a fragancia de tilos entrando por la ventana, a sombra de verano en la calle arbolada. También percibo la lavanda: el sobre debe de haber estado en el bolsillo de su abrigo. Los abrigos están en el armario del recibidor. Mi madre cuelga bolsitas de lavanda en los percheros. Cuando abre sus puertas, el pasillo se inunda de aroma. La carta debe de haber estado allí unos días antes de que la enviara. Además, el papel no está del todo blanco, las palabras no le salieron solas.

Mi madre se sentó a la mesa de la cocina y se puso a escribir, pero luego se levantó. Apoyó la hoja sobre la estantería azul que está al lado del fogón. Para que descansara. Puede que tuviera que poner la mesa para comer o cenar. O bien las frases no eran las que quería plasmar. Sobre la estantería azul siempre hay un poco de hollín. Ahora el hollín está en el papel. Un velo fino pero uniforme, señal de que el fogón estaba encendido y el agua hervía en el fuego.

Siempre me pasaba lo mismo con mis cuadernos: llevaba al colegio las huellas de mi casa. La señora Meyer me lo hacía notar metiendo los labios hacia dentro con una mueca de reprobación. La reprobación de un maestro se queda más grabada que el hollín.

Ahora no existe nada más en el mundo, solo un sobre que ha cambiado de color. Solo la fragancia del tilo y la lavanda.

Señales de casa que llegan hasta mí, aquí donde estoy. El hilo se ha recosido y nada puede ir mal. La letra de mi madre es inquieta, incierta. La emoción. No podría ser de otra manera.

Josko también está nervioso, lo dice Boris, y si Boris deja escapar una frase así significa que es verdad.

No tiene nada que ver con los camisas pardas, la situación no ha cambiado. Podemos seguir estando tranquilos.

Tampoco tiene que ver con los habitantes del pueblo, ellos cumplen con su parte, nos ayudan. Ni siquiera tenemos que pedírselo. El frío está a las puertas; saben que aquí, en la villa, se siente más que en otros sitios, así que nos traen leña, mantas. A veces me pregunto si alguien los organiza o si han aprendido de las abejas. Las dejas libres y encuentran el camino.

Josko está nervioso, pero no por culpa nuestra. Nosotros somos los de siempre, algún que otro follón, alguna discusión, pero nada que no haya visto o que no sepa cómo gestionar.

La verdad es otra. La verdad es que ahora Josko tiene que decir «sí» demasiadas veces. Es un león enjaulado. Y eso le pone nervioso.

Antes las cosas eran diferentes. En Zagreb, y también en Eslovenia, no era así. Josko era libre. Tenía una idea precisa de cómo organizarnos. La escuela, si empiezas por la escuela lo demás viene solo.

La escuela de Josko es una asamblea. En la asamblea se eligen los temas que hay que estudiar, las tareas por hacer. En la asamblea se discute, se hallan las soluciones que contenten a todos.

En la escuela de Josko, los chicos mayores enseñan a los pequeños, porque solo se sabe realmente lo que se es capaz de enseñar. Y puesto que los pequeños son duros de mollera y no aprenden tan fácilmente, hay que estudiar el doble. Nos reunimos entre nosotros, los mayores, también para eso, para profundizar. Porque los pequeños no lo entienden. Hemos descubierto que ellos hacen lo mismo que nosotros, se reúnen porque lo hacemos los mayores. Al final todos estudiamos.

En la asamblea se habla y se escucha, se comprende cómo razonan los demás. Y luego se elige, libremente, porque sin libertad no se aprende. Si quitas la libertad, queda la obediencia. Y la obediencia ni se enseña ni se aprende, sale espontánea.

Josko le gustaría mucho al tío Hermann.

Una vez, el tío Hermann tardaba en sentarse a la mesa. Yo había pasado por casa de la señora Mizrachi y había recogido su comida, tal y como me había encargado mi madre. Ella se preocupaba por que comiera, porque no quería que adelgazara más. A un hermano santo podía acostumbrarse, pero a uno esquelético no. A diferencia que de costumbre, no me había limitado a dejar el hatillo sobre la mesa para salir corriendo a jugar con mis amigos en la calle, sino que me había sentado y lo observaba a distancia. Esperaba a que se decidiera a levantar la cabeza y saliera del libro en que había hundido la nariz y las gafas.

—¿Por qué sigues leyendo, tío? ¿No conoces ya todos tus libros de memoria? —pregunté.

Eso era lo que decían de él y quería que lo supiera. No se asombró de su fama.

—Tengo que recomponer lo que sé, *dreidel.* ¿No lo ves? Estamos en equilibrio sobre un solo pie. No solo yo, tú también. En el fondo no somos tan distintos. Tú también llevas dentro preguntas que no te atreves a dejar salir, ¿no? Pues de vez en cuando tenemos que recomponernos. Nos reequilibramos sobre el pie bueno y avanzamos con cautela. En los libros busco una manera mejor de habitar la Tierra. Sobre todo cuando fuera sopla un viento fuerte que podría hacernos caer —respondió.

Cogió aire, con los ojos cerrados, y estoy seguro de que se imaginó ya viejo e importante. Un sabio rabino con la barba blanca.

—Nos tiran piedras. Es fácil perder el equilibrio cuando eso pasa. Pero recuerda, Natan, que cada piedra que nos arrojan es una piedra más para construir una casa sólida.

Josko no se hace el santo, no creo que nunca se haya parado a imaginarse ni viejo ni sabio. Habla de socialismo, de libros y de Eretz Israel, pero él tampoco se atreve a dar respuestas. No a las preguntas que guardo dentro, las que no tengo el valor de dejar salir. Josko me ayuda a encontrar la manera de permanecer en equilibrio sobre un solo pie; es la misma ayuda que el tío Hermann le pide a sus libros. Y, además, bien pensado, Josko recoge las piedras que le arrojan y eso sí que lo hace muy sólido.

La piedra más insidiosa, aquí en Italia, se llama Umberto y es el director.

El director llegó a Villa Emma hace poco y vino a cambio de un buen sueldo, eso dice Josko. El director no sabe nada del *aliyah*, la subida que, paso a paso, nos llevará a Eretz Israel. Por eso solo puede ocasionar daños.

El director Umberto ha ido cambiando poco a poco el ánimo de Josko. Con él las cosas han tomado el cariz equivocado. Aunque, en realidad, «tomar» no es el verbo adecuado. El verbo preferido del director es «colgar».

En cuanto llegó, eligió una habitación y colgó una placa: DESPACHO DEL DIRECTOR.

En el despacho hizo dos agujeros para el colgador, en el que, como es obvio, colgó el sombrero y el abrigo.

Fuera del despacho colgó un tablón.

En el tablón colgó un papel escrito a máquina: RECIBO LOS MIÉRCOLES DE DOS A TRES DE LA TARDE.

A nadie se le ocurrió pensar que «recibo» es lo contrario de «asamblea». Como concepto, al menos.

Para mí no ha cambiado nada, incluso podía haber escrito que había llegado el paragüero. No habría habido diferencia alguna. A los demás —a muchos— les gustó esta novedad. Ahora hacen cola. Crece de semana en semana. Por eso el director se ha creído con derecho a escribir un segundo anuncio: PROHIBIDO IR AL PUEBLO.

Para alejarse más de media hora hay que contar con una autorización escrita. Escrita por él. Hay que ponerse a la fila, llamar a su puerta, decir «buenos días» y explicar los motivos de la petición. El director te mira desde atrás del escritorio, escruta tus intenciones y sopesa tus razones. Luego decide. Si quiere.

La cola se ha duplicado. No para protestar, no para felicitarlo. La cola simplemente ha aumentado.

Sí, por supuesto, Josko protestó, porque él no sabe callar. Pero fue el único.

—Querido Josef, usted no tiene en cuenta las características específicas del hebraísmo italiano —le respondió.

«Aquí lo hacemos así», ese es el significado. La respuesta que se da cuando no existe un verdadero motivo.

Ahora que está prohibido, ir al pueblo es más divertido.

No se sabe muy bien qué peligros corremos, pero es igualmente más divertido. No hablan de castigos, solo podemos intuirlos. No pueden expulsarnos de la villa. Y encerrarnos en la habitación conlleva en cualquier caso estar acompañados. A falta de otra cosa, nos imaginamos peligros que no existen. La aventura es un concepto de niños, en la realidad quedan el miedo o la vida tranquila. Nadie lo sabe mejor que nosotros. Así que el director nos hace ser aún un poco niños. Salimos cuando nadie nos ve. Nos inventamos trabajos extraordinarios para Leonardi, el campesino, y luego nos desviamos hacia Nonantola. Casi siempre nos paramos fuera del café. Los chicos del pueblo ya nos conocen y se entretienen hablando con nosotros. Gracias al director Umberto, nuestras visitas son más frecuentes y los conocidos se multiplican.

Yo también voy, con Leo, Martin, Sonja y otros. Doy una vuelta y aprovecho para ver quién anda por allí. Podría toparme con el de la honda. Tengo una cuenta pendiente que no olvido. Espero que tarde o temprano me tope con él.

El director está al corriente de nuestras salidas. A algunos los trata con más amabilidad que a otros. Encabezan su lista los que saben estar en la cola, los que quieren quedar bien. A Leo, Martin, Sonja y a mí nos importa un pimiento. Paciencia.

El director tiene una opinión negativa de todos nosotros. Para él somos salvajes.

Italia es una península.

Italia tiene forma de bota.

La capital de Italia es Roma y Roma es la capital del fascismo.

La capital de Italia es Roma y Roma ha dado la civilización al mundo.

Italia está situada en el Mediterráneo occidental.

La verdad es que Italia es un retal de tierra, vaya, pero estamos obligados a cruzarla para llegar a Eretz Israel. Punto. Eso es lo que el director Umberto debería recordar. En cambio, llamó a Josko a su despacho, pero él no acudió y fue el director quien tuvo que venir a hablar con nosotros. Durante la clase de hebreo.

—He tenido ocasión de ver cómo se han distribuido las habitaciones de la villa —dijo.

—Bien —respondió Josko.

Tenía una expresión distraída, pero en realidad estaba molesto por lo que se nos venía encima.

—Una distribución propia de personas por civilizar, diría yo. Hombres y mujeres en el mismo piso. Eso no puede ser, es inaceptable.

Josko no replicó, nunca lo hace delante de nosotros. Pero el director no entendió que se trataba de un comportamiento dictado por la educación e insistió.

—Hay que trasladar las habitaciones de las chicas al piso de arriba lo más pronto posible. Y las de los chicos al de abajo. Cuento con ello.

Luego trató de hacerse el gracioso con un chiste picante. Picante para él.

—No queremos que esto se nos llene de bebés, ¿eh? —dijo.

Sonja, que estaba presente, respondió antes de que pudiera hacerlo Josko para evitar que él se metiera en un lío, creo.

—¿Que esto se llene de bebés, director? Eso no es tan sencillo, ¿sabe? Tuve ocasión de comprobarlo cuando sacaron a mi hermana del vientre de mi madre, que se había pasado la noche gritando como un animal descuartizado vivo. Usted, director, ¿cuántos bebés ha visto nacer? ¿Cree realmente que un tramo de escalera es suficiente para detener a alguien dispuesto a afrontar un dolor semejante? ¿Cuál de nosotras está dispuesta a correr ese riesgo? Pero cómo puede ser director sabiendo tan poco…

Por un instante, los ojos de Sonja dejaron de ser tristes y oscuros. Josko no añadió nada, solo la apartó del director, que volvió a respirar. Se habría sentido desnudo. Por eso las habitaciones se quedan como están. Al menos por ahora.

También está el problema de la oración. Según el director, no rezamos bastante. No todos. Cree que si no rezas no eres judío.

Así que mi tío Hermann sería el judío más judío del mundo. Mi padre no. Mi madre depende de los quehaceres domésticos. Mi hermano Sami es una apuesta de futuro. Una hipótesis de judío.

Josko no soporta el tema de la oración, estalla. Entre nosotros, los religiosos no serán más de veinte. Josko no está entre ellos, pero el meollo de la cuestión es otro. El meollo es que nosotros tenemos otras reglas. Se lo dijo, o mejor dicho casi se lo gritó.

El director Umberto abrió la carpeta de piel marrón. Le gustan sus cosas. Sacó una especie de libro donde anota todas las indicaciones que llegan de Módena. Se lo puso a Josko delante de las narices, como si fuera una Biblia, y le dijo:

—¿Lo ve? Todos los temas están contemplados.

La señora Meyer también abría una carpeta parecida cuando llegaba a la escuela. Dentro, asimismo, había un libro. El libro le indicaba qué debía hacer cada mañana. Jamás una pregunta o una duda: el libro enseñaba en su lugar.

El libro también hablaba de los niños y de sus padres. Decía qué debían saber hacer los niños y qué debían saber hacer sus madres y sus padres.

Era un libro muy preciso. Tocaba todos los temas porque se había escrito para no dejar espacio a la duda. Las cosas funcionan cuando todos cumplen con su deber.

La señora Meyer no tenía necesidad de creer en Dios, porque Dios reposaba en su carpeta. Yo tenía la impresión de ver su luz.

Luego los camisas pardas cambiaron el libro. Lo sustituyeron. Les resultó fácil, porque tenían escritores e ilustradores, impresores y personas dispuestas a ir a las escuelas a cambiarlos. «¡Mira, un burro volando!», decían. Y cuando los maestros se distraían les daban el cambiazo.

La señora Meyer no tuvo nada que objetar.

En el nuevo libro ponía que los niños no son todos iguales. Algunos tienen la sangre podrida. Si la sangre podrida llega a la cabeza, produce pensamientos podridos y de esos pensamientos nacen comportamientos podridos. Lo dice la ciencia.

Había que detener la gangrena. Había que impedir el contagio para poner a salvo a la población sana. Eso afirmaba el libro.

También la radio. Mi padre lo escuchó a través de la pared fina, la que dejó caer el cuadro de un día para otro. Mi padre sintió crecer la ola. Sabía que nos arrastraría lejos. La radio te susurra al oído, es como la confidencia de un amigo. En un amigo se confía.

Con el libro es diferente. El libro te deja tiempo para pasar la página. Hay que prestar atención y tener el valor para hacerlo, pero puedes recapacitar. Por eso la señora Meyer no tiene perdón. Porque no prestó atención y no tuvo valor.

Presumía de ser una persona cuidadosa, fiable. Presumía de respetar las reglas.

Los que se llevaron a mi padre, la noche de la gran nevada, también respetaban las reglas. Habría bastado reflexionar un instante antes de pasar la página. Si uno solo de ellos se hubiera parado a pensarlo, si hubiera dudado, el mundo no se habría acabado aquel día.

Mi madre sí, ella dudó. Me sacó de la escuela de la señora Meyer porque había intuido algo. Yo, en cambio, no, no intuí nada por mucho tiempo. Lloré. Mi nueva clase era un trastero húmedo. Apestaba a cloaca y las asignaturas, Hebreo y Matemáticas, eran difíciles de seguir. Yo pensaba en mis compañeros, los afortunados. Podían continuar admirando a la señora Meyer, sentada en la cátedra, mientras sacaba a Dios de la carpeta. Ahora me pregunto dónde habrán ido a parar. Si les habrá dado tiempo a huir.

«El oficio de profesor es el más heroico o el más vil», dice Josko. El oficio de profesor es engranaje o grano de arena. No hay término medio.

5

Los del pueblo vienen a la villa a enseñarnos a trabajar. Lo ha organizado todo Josko. Porque quien sabe trabajar siempre cae de pie.

—Es importante —dice—, cuando estemos en Eretz Israel os daréis cuenta.

Para las chicas hay modistas. Las enseñan a coser y a bordar. Las he visto, son amables. Ellas piensan igual que Josko, pero lo cuentan de otra manera:

—Una chica debe saber coser si quiere encontrar marido. Porque si el marido se hace un siete en el pantalón hay que saber poner un parche que no se vea.

Una de las nuestras, no sé quién, respondió que sin embargo los chicos que rompieron el cristal con la pelota no lo arreglaron. Llamaron al señor Rizzi, el cristalero, que acudió con sus utensilios.

—Si acaso podríamos hacer lo mismo con el pantalón. Si es necesario, se lo llevamos a un sastre.

Las mujeres se rieron de buena gana.

—Qué gracia —dijo una—. Mira, guapa, si necesitáramos un abogado te llamaríamos a ti.

Cuando hablan entre ellas las modistas, y también los demás, lo hacen en dialecto, así que hay cosas que no entiendo. Con el dialecto me pierdo, pero tarde o temprano acabaré pillándolo.

El que habla el dialecto más fácil de entender es el señor Leonardi, porque se esfuerza en pronunciar lentamente. Josko también le pidió que nos enseñara el oficio. Al principio puso pegas. Tiene un concepto personal de los chicos de ciudad y no es positivo. Un asunto de manos sin callos y vista cansada de tanto leer. Para él es difícil tomarnos en serio. Gente como nosotros no puede querer aprender realmente el trabajo en el campo.

Josko le dijo:

—Enseña lo que sabes a estos chicos. Cuando lleguen, ellos decidirán qué hacer.

Así que eso hacemos en la villa: estudiamos, rezamos y trabajamos. Para algunos no es una buena vida. Los días son todos iguales y empiezan a pesarles. A mí no. Yo quiero días iguales. Fáciles y previsibles.

Como las cartas de mi madre. Cuando llegan con regularidad estoy tranquilo. Cuando pasan muchos días me preocupo y me cuesta coger el sueño. Sé que es un milagro que aún existan conexiones, con la guerra y toda la pesca, y sé que pretender que lleguen puntuales es demasiado, pero tengo miedo de que el hilo se rompa. De nuevo.

La música del profesor también es un milagro. Apenas baja la moral, él se sienta al piano y es como si no existiera nada más. Solo la música.

Entretanto, han venido los utensilios para la carpintería. Josko ha querido montar un taller aquí, en la villa.

Llega todo a la vez, con un camión, y viene gente aposta para descargar y colocarlo en su sitio. Todos están contentos. Bajan del camión y van y vienen por el pórtico. Parecen hormigas en camiseta.

Me acerco, luego miro con más atención y me paro.

Me paro porque una niebla opaca se los ha tragado a todos, a todos menos a uno. El que queda está alegre como los demás y se mueve con rapidez. El que queda es el alto, el de la honda.

Es él, estoy seguro. Lleva un sombrero y me pasa por delante; es un instante, pero es él, el larguirucho, y camina como un alma inocente. Ha vuelto. Ha vuelto sin más y no teme que lo vea.

«Pero ahora sé quién eres y camuflarte no te servirá de nada, en serio, déjalo estar».

Yo también me camuflo y lo sigo. Si él da un paso, yo doy otro, pero con cautela, porque quien persigue es quien debe calcular la jugada. Me escondo detrás de una puerta, luego detrás de un armario. Cumple con lo suyo: no se escabulle y suda como los demás. Bravo.

Espero a que deje una caja pesada, solo eso. Me pasa muy cerca, puedo olerlo. Alargo un pie y se cae. Simple, como debe ser, sin fatiga.

No le da tiempo a darse cuenta de que me he abalanzado sobre él. Nunca he sido capaz de pegar, pero él ya está en el suelo y hacerle daño me sale espontáneo. Le inmovilizo un brazo con la rodilla y le sujeto el otro con la mano izquierda. Por lo demás, le asesto puñetazos con la mano buena y suelto imprecaciones. En húngaro.

Oigo responder en dialecto a mi espalda. No incitan, no esperan el resultado de la pelea. Solo imprecaciones.

Pero luego todo se apaga, oscuridad total. Abro de nuevo los ojos, pero solo por un instante. Me gotea la nariz, se me mojan los labios y, a pesar de que nunca la he probado, reconozco el sabor de la sangre. Es el bajo, el de la primera vez. Tiene las manos libres y sus puñetazos pueden hacer conmigo lo que quieran, sobre todo con mi cara. Me tambaleo, aunque aguanto. Ahora sujeto al alto por la camisa. Trato de entender dónde está el bajo, pero veo oscuro. Debería abrir los ojos. O quizá los tengo abiertos, no lo sé.

Estoy a punto de desmayarme. No puedo más. «Lo suelto», pienso, y al instante me siento más ligero. Aliviado. Vuelo y toco la pared con la espalda. Las voces de Leo, Schoky y Boris se me meten en los oídos y comprendo que han sido ellos los que me han apartado. «Tres contra uno no vale, habría podido acabar con él. Deberíais haberme dejado que acabara con él».

Schoky dice:

—¿Te has vuelto tonto?

Lo suelta en italiano, porque el mensaje no es para mí, es para la gente de Nonantola. Quiere que todo el mundo sepa que me he escapado de la jaula. ¿Quién no tiene un tonto en su familia? En esta familia el tonto soy yo.

También oigo la voz del director Umberto. Grita por encima de los demás, pero se enfada con Josko, no conmigo. Cualquier ocasión es buena para ajustar viejas cuentas. Leo me arrastra dentro, se ocupa de mí y deja a los demás recomponiendo las cosas. Excusándose. Josko me sigue, no quiere estar fuera. Da un portazo y de esta manera bloquea el paso al director. Nunca lo he visto tan enfadado.

—De nuevo, ¿eh? ¡De nuevo!

Ni siquiera sé cuántas veces lo repite. No tiene una expresión real en la cara. Está ausente, una máscara. Los ojos fríos y la mirada fija en el vacío de la pared son el peor castigo.

Yo no me rindo.

—Es él, es el que nos atacó a Agnes y a mí. Es el de la honda —digo.

Josko maldice todo lo que se puede maldecir. Baja la cabeza, sigue sin mirarme. Mira a su alrededor, pero no a mí.

—De acuerdo, de acuerdo. Hablaré con Moreali, a ver qué dice —responde.

Es su manera de dar por terminado el asunto. No quiere verme y me lo deja caer.

—Quítate de en medio, quédate en tu habitación, no salgas. No quiero empeorar las cosas, ¿estamos? No más líos.

Está claro, ahora es el médico quien tiene la última palabra. Es él quien dirá si me lo he inventado todo o no. «No me lo esperaba, Josko. No de ti».

Me acuesto, paso el día en la cama y al caer la noche sigo aquí. Me duele la cara. Descubro que la sangre seca en la nariz es una tortura. No me deja respirar. Duermo con la boca abierta. Duermo fatal. No sé si era esto a lo que se refería Josko cuando me ha dicho «quédate en tu habitación», pero tampoco me apetece hacer otra cosa. Los demás chicos van y vienen.

Alguien dice:

—Se ha vuelto loco.

Otro responde:

—Son cosas que pasan.

También les ha ocurrido a otros, aquí en la villa, sobre todo a los de la Grenadierstrasse. Para ellos siempre ha sido difícil, incluso en Berlín, y a veces vuelven a aplicar las viejas reglas. Para mí no, para mí es la primera vez. Y a juzgar por lo que me duele la nariz, también será la última.

Al día siguiente viene el doctor Moreali, lo veo por la ventana. Saluda a Josko, que lo espera en las escaleras, con un apretón de manos y luego entran juntos. Es un médico, habrá venido a visitarme. Sufrí una crisis nerviosa, puede que quieran asegurarse de que no soy peligroso. O de que no estoy loco. O las dos cosas a la vez.

El médico sale casi enseguida y se aleja en bicicleta. También tiene coche, pero siempre va en bicicleta cuando no lleva el maletín. Hoy no lo llevaba, debería haber entendido que no venía a verme.

Tampoco bajo a comer y nadie viene a buscarme. Más vale que Josko no aparezca, porque no sé cómo lo trataré. No ha sido culpa mía. Me he defendido. Como deberíamos haber hecho en Alemania, en vez de esperar. En vez de fiarnos. Alguien sabe lo que ocurrió en Alemania, ¿no?

Vinieron a buscarnos a nuestras casas, uno a uno. A mi padre, entre otros muchos. Y eso ocurrió porque no nos encontraron armados, no estábamos preparados para disparar. No tiene que pasar de nuevo. Debemos responder. Por cada piedra que salga de la honda, un proyectil. Con las manos no. Con las manos no sirve de nada, la rabia sola sirve de poco.

Por la tarde vuelve el doctor, pero yo no lo veo llegar porque sigo en la cama; las tripas me rugen de hambre. Viene con cuatro personas: un hombre, dos chicos y una chica. Josko me informa de que ha subido a pedirme perdón. Lo hace en la puerta, por eso lo dejo entrar.

—Abajo hay gente que quiere hablar contigo —añade.

Bajo a la sala grande, donde veo al doctor Moreali. También hay otro hombre con ropa de trabajo y dedos gruesos y oscuros que estrujan una gorra. Asiente con la cabeza. El doctor habla y él asiente con la cabeza. Es un «sí» enérgico, un movimiento rígido, de deferencia. Uno de los chicos está de espaldas, el otro de perfil; el de perfil es él, el idiota de la honda. Si mi cara da pena, la suya da escalofríos. Por eso se ha puesto de perfil, para ocultarla, pero la veo bastante bien. No puedo creérmelo, lo he dejado para el arrastre. No se le pasará tan rápidamente.

Habla con la chica en voz baja. Ella tiene una mirada comprensiva, acogedora. Le aparta el pelo del ojo hinchado. Estudio las posiciones en el tablero, estudio a mi enemigo.

—Ah, aquí estás. Bien, bien —dice el doctor Moreali.

Le toca el codo al hombre para que se acerque y el hombre lo hace. Mantiene la cabeza gacha, pero logro distinguir sus ojos acuosos y sus profundas arrugas. Tiene la barriga dura y prominente, partida en dos por una cuerda que, a modo de cinturón, sujeta un pantalón manchado de tierra en las rodillas, con el dobladillo deshilachado. Dice una frase larga, en dialecto, y luego da un paso atrás y se coloca de nuevo en la posición inicial, como un soldadito que acaba de jurar fidelidad. Luego hace tambalearse a uno de los dos chicos de un empujón, pero no es el de la honda, que sigue mirándome de reojo. Es el otro, el que está de espaldas. El que no tiene nada que ver.

—No lo entiendo —digo.

No es que no entienda las palabras en dialecto del hombre, que también, sino que no entiendo nada, nada de lo que tengo delante. De lo que veo. No entiendo quién es este hombre ni por qué lo han traído aquí. Por qué estruja la gorra. Por qué está tan mortificado. Y por qué la toma con alguien que no tiene nada que ver. No entiendo nada y lo digo.

—El señor Mario te ha pedido disculpas —aclara el doctor—. Dice que el comportamiento de su hijo es una vergüenza para toda la familia.

El señor Mario lo interrumpe, siempre en dialecto, y el doctor traduce de nuevo.

—Aunque parezcan iguales, uno ha salido bien y el otro mal.

El señor Mario hace ademán de darle otra bofetada al que no tiene culpa. Para evitarla, él se gira y por fin puedo verlo. El señor Mario dice dos cosas, esta vez en italiano, que entiendo muy bien.

La primera es:

—¡Pide perdón!

Y la segunda:

—Te voy a dar yo defensa de la raza.

No puedo creérmelo. De verdad que es increíble: son iguales. Son idénticos, o al menos lo eran antes de que yo le pusiera la cara como un cuadro a uno de ellos. Ahora me miran los dos. Le pegué al que ha salido bien, al que me devolvió el libro.

Me estudia: «¿Ahora lo entiendes?», parece querer decir. La chica se le acerca y lo abraza. Viéndolos juntos resulta más fácil, por supuesto. La ternura que se muestran hace que me sienta aún más idiota.

El otro es el que nos atacó a pedradas. A Agnes y a mí.

Yo también pido perdón, pero solo para mis adentros. No me nace otra cosa. Luego miro al señor Mario y veo la vergüenza que siente, querría que se lo tragara la tierra. Me doy cuenta de lo que le habrá costado entrar en la villa de los señores y entiendo el porqué de la rabia contra esa gorra. Y entonces encuentro las palabras. Pido perdón por no haber reflexionado antes de actuar. También digo que no hay árbol capaz de dar dos frutos idénticos y que para catar su dulzura hay que esperar a que estén maduros. Esta última es del tío Hermann.

Mario se ilumina. He tomado prestado su mundo, su trabajo, y se va más tranquilo. El doctor Moreali lo acompaña y sonríe. Entre ambos hay una complicidad que se expresa en dialecto.

Josko me dice:

—Ven, tenemos que organizar la fiesta de Hans.

Está contento de que todo haya acabado, de pasar página.

Sigo a Josko, pero con la mirada acompaño al doctor, a Mario y a su familia. «No es fácil reconocer el lado bueno de las cosas», pienso.

Hans tiene trece años. Es su *bar mitzvá* y a él le ilusiona. Lleva mucho preparándose. A mí se me hace extraño que se convierta en un adulto sin más, de un día para otro. O, mejor dicho, se me hace extraño que se convierta en un adulto y punto.

Hans solo ayuda si se lo dicen, desde siempre. Si no lo llaman, desaparece. Se tumba en el suelo y estudia las hormigas. O desplaza nubes con el índice. Cosas de esa clase, nunca cosas de adulto.

Durante la ceremonia se agita, le preocupan las atenciones, que se le acerquen a felicitarlo, pero también quienes lo observan de lejos.

El rabino es de fuera y llega con antelación. El director Umberto lo acompaña a dar una vuelta por la villa y al pasar a nuestro lado el rabino nos saluda y nos presta algo de atención. Su discurso es inspirado y profundísimo. Contamos con una sala que hace las veces de templo. Hoy está llena para asistir a un juego de manos de Josko; nos ha elegido uno a uno y nos ha convencido para que participáramos. Cada mago tiene sus trucos. Al final, Hans ha recibido los regalos, eso es lo que cuenta.

Antes de regresar a su casa, el rabino pide que lo dejemos solo.

—Me concederé un paseo entre los colores de esta maravillosa campiña —dice.

También se muestra inspirado y profundísimo en esta petición. Hace buen tiempo, un tiempo que invita a la meditación al aire libre.

—Lo acompaño —propone el director Umberto.

—No —responde el rabino, extrañamente categórico, pero luego añade—: Sabe usted, el campo invita a la meditación.

No vemos nada raro y el rabino sale con la cabeza gacha antes de que alguien más se entrometa.

Desaparece y nos olvidamos de él. Reanudamos la conversación. Las chicas están juntas en grupos pequeños. Los chicos hacemos grupos más grandes. Los adultos también charlan. Son los que están apoyados al lado de la ventana los primeros en darse cuenta. Llaman a los demás en voz alta.

—¡Venid, venid a ver! —gritan.

A poca distancia de la villa hay campos de maíz. El pobre Leonardi aún no ha empezado a recogerlo, pero las panochas están maduras. Si estuviera aquí, si viera al rabino dando vueltas por su campo para elegir cuidadosamente dos y metérselas en la bolsa, lo oiríamos blasfemar en católico. Siempre acaban pagando los dioses equivocados.

El rabino es un ingenuo. O bien nunca ha vivido en una comunidad. De lo contrario, sabría que Dios no es el único que lo ve todo.

El pobre Hans mira fuera con la boca abierta, está decepcionado. Justo el día de su *bar mitzvá*…

—Pero si encima es *sabbat*… —dice.

«Robar el trabajo de un campesino siempre es un sacrilegio», me gustaría decirle. No solo los sábados. Pero, ya se sabe, yo nunca he hecho el *bar mitzvá*.

—Querido Natan, ¿alguna vez te conté lo de aquella vez que vi a un rabino recoger una cartera en la calle?

—No, papá.

—Ahí lo tienes, otra de tus estrafalarias historias. ¿Cuándo vas a dejar en paz al pobre niño? Seguro que demasiado tarde, viejo chocho testarudo, demasiado tarde…

—Hoy tu madre está un poco nerviosa, Natan. Pero es normal, todas las mujeres guapas son nerviosas. Cuánto más guapas, más nerviosas. También lo era la mujer del rabino. No, no guapa como tu madre, sino nerviosa. Ninguna es tan guapa como tu madre. Y tampoco tan nerviosa, obviamente. Sea como sea, la mujer del rabino se quejaba continuamente. Por el dinero, sobre todo. Porque, además de no ser tan guapa ni tan nerviosa como tu madre, tampoco era dulce y comprensiva como ella.

—Cuenta, cuenta…

—Pues bien, un día, volviendo de la sinagoga, este rabino ve en el suelo una cartera rebosante de dinero. Pero rebosante, rebosante, a tal punto que se queda abierta en medio de la calle de tanto dinero que contiene. Pero es *sabbat* y el rabino es un hombre pío: no puede tocar dinero el día del Altísimo. Así que reflexiona y ruega: «¡Señor, Señor! Soy un pobre rabino, mi mujer siempre me pide dinero y como no puedo dárselo se pone nerviosa. Siempre está nerviosa. No es guapa como la esposa del que cuenta esta anécdota y tampoco comprensiva como ella. Te lo suplico, tú que todo lo puedes…».

—¿Y qué pasó?

—No te lo vas a creer. Un milagro.

—¿Un milagro?

—Sí, un milagro: en todo el mundo era sábado, pero en aquella pequeña porción de acera donde estaba el rabino de golpe se hizo jueves.

A Sonja no le gustan las fiestas, así que trato de hacerla reír con un chiste que tiene que ver con lo que hemos visto por la ventana. Ha sonreído, poco convencida, sin mostrar los dientes. Si se esforzara un poco, solo un poco más, sus demonios la dejarían en paz. La dejarían sola. Así es para todos. Casi nadie habla de ellos, la mayor parte permite que la devoren. Sonja permite que la devoren más que los demás. No tiene otra cosa, solo demonios.

La convenzo para que salga, encuentro una excusa y nadie nos siente, de lo contrario se pondrían a chismorrear. Antes de salir, paso por la cocina. A escondidas, agarro un cuchillo y cerillas de un cajón. Las cerillas escasean, pero no lo pienso dos veces. Esta vez no. A Sonja le cuesta coger el paso, como a todo el mundo, porque yo corro incluso cuando camino. No aflojo. Ella protesta y me pregunta:

—Pero ¿qué prisa tienes?

Yo no aflojo.

También me pregunta:

—¿Qué se te ha ocurrido?

Pero nada, sigo mi camino. Si viera el cuchillo o las cerillas, se asustaría. O quizá no. Quizá desee haberse equivocado sobre mí, si es que tiene una opinión. Quizá me miraría manejar el cuchillo con expresión ausente. Con esos ojos oscuros como pozos. Rodeamos la villa y cruzamos la carretera. Llegamos al campo. Josko ha dicho que hablará con el rabino para que pague las panochas que le ha robado al señor Leonardi. El director Umberto no quería creérselo.

—No pretenderá usted poner en un compromiso al rabino por semejante tontería —ha dicho. Pero luego se ha dado cuenta de que Josko no bromeaba y que lo haría sin dudarlo. Así que para evitar el apuro ha afirmado—: De acuerdo, yo me haré cargo de todo. Le pagaré al señor Leonardi. No voy a estropear la relación con el rabino por dos panochas...

—¿Dos? —ha respondido Josko—. Cincuenta como poco.

Porque dos eran las que le habían visto meter en la bolsa, pero ahora que había aprendido el camino quién sabe cuántas veces volvería a por más. Por no mencionar el mal ejemplo que había dado a los chicos y que también había que tener en cuenta.

—Sé que imitarán la enseñanza del rabino, ¿no es cierto, chicos? Pero no más de una por cabeza —ha dicho.

—Por supuesto —han respondido a coro los presentes.

El director Umberto tendrá que pagar cincuenta panochas. Gracias a esto, gracias al rabino que ha creado esta situación, y a Josko que ha encontrado la manera de obligar a cumplir al director, tengo la ocasión de hacer reír a Sonja. Con los gastos pagados. Por ahora no se ríe, jadea, pero hemos llegado; elijo una panocha para ella y otra para mí. Las arranco de la planta. Son grandes y están maduras.

—¿Qué haces? —pregunta.

—Disfruto del regalo de Josko. Y tú también.

Junto unas cuantas hojas secas y algunas ramitas. Estamos detrás de un cañizal. No nos verán desde la villa y tampoco el humo. Soy hábil encendiendo el fuego, siempre se lo hacía a Sami. Con el cuchillo les sacó punta a dos ramas largas y las convierto en dos espetones. Atravieso las panochas y las pongo a tostar.

Sonja lo entiende y se tranquiliza.

El sol empieza a ponerse, el aire cambia de color. Hay nubes de oro rojo, como en Berlín.

—Parece como si estuviéramos en Tiergarten —digo.

—Sí. Pero sin los chimpancés.

—No son chimpancés, son bonobos.

—De acuerdo, pues entonces sin bonobos —se corrige, mirando fijamente el fuego y encogiéndose de hombros.

—O puede que los bonobos seamos nosotros.

Se echa a reír, descubre los dientes, pero dura poco. Se detiene, parece asustada. Dobla las piernas, se acerca las rodillas al pecho y las rodea con los brazos.

—¿Llegaremos algún día a Palestina? ¿Alguna vez dispondremos de un sitio donde vivir en paz? —pregunta.

Me gustaría decirle que no lo sé. Que ni siquiera sé si quiero realmente ir o volver atrás. Si pienso en mi madre y en mi hermano, solos en Berlín, ni siquiera le encuentro sentido a estar aquí. No sé por qué me marché. Espero que el tío Hermann haya dejado de hacer el santo y se ocupe de ellos.

Pero, entretanto, Sonja cambia de tema.

—Conozco a una que ha tenido sexo —suelta.

La noticia me trastorna. No sé qué pensar. No sé si quiere decir «imagínate qué suerte...»; no lo creo.

Mira fijamente el fuego con los mismos ojos tristes y apagados. No me mira a mí. Ha dicho eso de que conoce a una que ha tenido sexo como habría podido decir «me han contado que mañana lloverá» o «me gustaría ir al pueblo». Siento que una parte de la cara empieza a palpitarme. Son los golpes, por supuesto, pero ¿por qué me duelen precisamente ahora?

Además, me sorprende que haya sido ella quien me ha puesto al corriente. Sonja la silenciosa. Sonja la ausente.

La miro. Algo tendré que responder.

—Son cosas que pasan —digo para no dejarla sola.

—Ya —replica.

Después del *bar mitzvá,* Hans hace todo lo posible para sentirse mayor. Da consejos, habla de cosas serias. Cuando Boris nos comunica que iremos a la ópera, a Turín, Hans se empeña en formar parte del grupo de los diez primeros. Siempre ha soñado con ver *Rigoletto,* dice, e insiste tanto que casi lloriquea. Pero se recupera. Se pone digno y el profesor lo contenta. Por su tenacidad, sin duda, pero también porque es la primera vez que Hans muestra interés por la música.

Sin embargo, cuando se entera de que hay ir en bicicleta hasta Módena, se lo piensa mejor.

—Me duele una pierna. Me caí hace un par de días.

Y Boris también carga con eso: sube a Hans en la barra de su bicicleta y pedalea dos horas hasta Módena.

En un teatro todo es grande y a la vez delicado. Una vez dentro, noto que pertenezco a una especie diferente a la de los demás espectadores. Una especie demasiado pesada. El suelo de madera cruje bajo mis pies. Llevo un calzado grueso, de campo, que no es el apropiado. Las chicas estuvieron pensando qué ponerse. Algunas que aún tenían zapatos buenos se los prestaron a las otras. La pequeña butaca de terciopelo es demasiado delicada, me siento en ella con temor. Todo lo que nos rodea es suave, incluso la luz, que recorta filigranas en nuestros rostros, dibuja matices. El estupor es real, la luz no tiene nada que ver.

Boris trata de contarnos la historia de Rigoletto. Empieza, luego ve que nos perdemos, la trama es complicada.

—Dejaos llevar —dice—. Escuchad la música.

Se hace la oscuridad, el silencio. Un silencio nuevo, denso. Algo diferente de la ausencia de ruido. Una música, eso es. Una música hecha solo para la espera. Boris mira el escenario, tiene los labios entrecerrados. Está erguido, pero bastan unas notas para que apoye la espalda y se deje llevar. Aquí, ahora, está todo lo que dejó atrás.

Luego empieza la ópera. Lo demás desaparece.

6

Josko revisa la correspondencia. Abre las cartas, las lee, las cierra y nos las entrega. No las cierra muy bien, por eso sabemos si un sobre se le ha escapado. Nos toca abrirlas igualmente si no han pasado antes por sus manos.

Comenzó a hacerlo cuando Rosi dejó de hablar.

Rosi tiene quince años. Su casa ya era un infierno antes de que llegaran los camisas pardas. Su padre enloqueció, sin más, de la noche a la mañana. Empezó a despertarse de noche y a gritar. Parecía que solo eran pesadillas, porque después de gritar se volvía a acostar y se dormía de nuevo. Pero las pesadillas se hicieron cada vez más frecuentes y cada vez le costaba más volver a dormirse. Hasta que dejó de hacerlo, renunció a dormir. Daba vueltas por la casa con los ojos muy abiertos. Tanto de día como de noche.

Una mañana agarró un cuchillo de un cajón de la cocina y esperó a que su mujer volviera del trabajo. Se escondió detrás de una puerta y aguardó allí, en calzoncillos y camiseta, con las piernas flacas y descalzo. Rosi estaba en casa. Entendió lo que estaba a punto de ocurrir y salió corriendo a la tienda para advertir a su madre. A partir de aquel día, podía ir bien o mal, solo tenía que leérselo en la cara a aquel hombre que ya no era su padre. Si lo consideraba oportuno, corría a la tienda y volvía a casa con su madre cuando el peligro había pasado. A veces pasaban días enteros y dormían detrás del mostrador. Había una alfombra sobre la que pasaban la noche.

Rosi ya no piensa en aquellos días, los ha dejado atrás. Pero no es fácil. No es suficiente. Los recuerdos vuelven aunque no los busques, te sorprenden por la espalda y entonces aquellos días ya no se quedan atrás.

Así llegó la carta de su tía, por sorpresa. Una tarjeta de tamaño mediano de parte de alguien que ni siquiera recordaba. Abrió el sobre, leyó las dos líneas de introducción y luego la frase: «Te informo de que tu querida madre ha muerto».

Nadie debería hacer eso, no de esa manera. Hay cortes que no se cierran, cortes profundos. Si no eres cirujano, si no sabes coser bien, es mejor dejarlo estar. No hacer nada. Hay cortes que hacen que la humanidad se evapore.

Creía que Rosi se volvería loca como su padre. Puede que su padre también tuviera heridas que ningún médico supo coser. Puede que la locura sea eso: la humanidad que se evapora por las heridas.

Josko decidió intervenir. Estuvo a su lado durante días y le dijo:

—Yo leeré tu correo. Te daré las buenas noticias y las malas, pero con las palabras adecuadas. Las encontraré. Te diré toda la verdad, lo juro. Pero con las palabras que la verdad se merece. Si quieres, puedo hacerlo.

Rosi asintió y Josko le besó el pelo.

Funcionó. Lo comentó en la asamblea.

—¿Estáis de acuerdo? —preguntó—. Si queréis puedo hacer lo mismo con vosotros.

Una pregunta extraña que podía parecer una intromisión, pero Rosi estaba a su lado. Y Rosi nos miraba por detrás de las sombras. Dijimos que sí, por supuesto. Todos dijimos que sí.

Nos fiamos. La confianza nos hace humanos.

Llega una nueva carta de mi madre y veo que el sobre está abierto, por lo que todo va bien. Sé que contiene mi mundo aún intacto.

Mi madre cuenta que Sami la lía todos los días. A veces incluso un par de veces. Mi hermano colecciona las hazañas que me he perdido y cuando nos volvamos a ver me las contará. No tira nada: el papel para envolver el pan, las hojas que caen en el antepecho de la ventana, las plumas de paloma que encuentra por la calle... Tiene una caja para mí y ha hecho escribir sobre ella: PARA NATAN. Mi madre dice que Sami debe de haberlo heredado de nuestro padre. No añade nada más. Lo echa de menos.

Yo sigo siendo humano por eso. Porque mi madre escribe unas cartas preciosas. Porque Josko se echaría sobre sus espaldas todo mi dolor. Yo soy humano porque estoy en el centro de estos dos pensamientos. Extiendo los brazos y se dónde apoyarme. Si no fuera así, si sintiera el vacío, quizá la guerra no me daría miedo. Me dejaría coger.

Eso es: sé que soy humano porque la guerra me da miedo. Porque aún tengo un motivo para correr, a pesar de que la guerra haya llegado. Incluso aquí, a Nonantola. Con la niebla de noviembre.

—Han bombardeado Génova —dice Schoky.

Lo dice satisfecho. Él es nuestro experto en comercio. Le pido que me lo explique.

—Los ingleses han sobrevolado Génova y han soltado sus bombas. El puerto se ha incendiado y la ciudad ya no es segura.

—¿Y por qué estás tan contento? —pregunto.

Le sienta un poco mal. Finge que lo lamenta, pero se nota que es forzado.

—Las oficinas de la DELASEM estaban allí, en Génova. Allí se encontraban el almacén, los ficheros, los registros de la actividad. Han tenido que desplazarse.

Ahora la DELASEM está aquí, en Villa Emma. La satisfacción de Schoky viene de ahí, de la consecuencia, no de la causa. Caen bombas sobre Génova y nosotros descubrimos la abundancia. Es una cuestión de resortes. Estallido y rebote: es el destino.

Descargamos y colocamos todo en el desván. La DELASEM recoge dinero de quien puede darlo y compra lo necesario para quien lo necesita. Ahora que veo cómo funciona, el mecanismo me resulta más claro. Comprendo que los judíos italianos también dependen de nosotros, de cómo trabajamos.

Nos dividimos en equipos, cada equipo organiza, empaqueta y pone las etiquetas para los envíos. Somos la ayuda de los judíos italianos. Mantener los contactos es fundamental, pero para eso están los recién llegados, las personas de la DELASEM. El mejor de ellos es Goffredo Pacifici: de entre todos los nombres, el suyo jamás se olvidará.

Lo llamamos «Cicibù» porque se encasquilla al hablar. Él no se lo toma a mal, no hay nadie más pacífico que Pacifici. Siempre está de buen humor, bromea y es sociable. Si pudiera decidir a quién llevarnos a Eretz Israel, además de a Josko, por supuesto, elegiría a Cicibù y a Boris. Son personas muy diferentes entre sí. No se parecen en nada, pero salvan el mundo todos los días. Son tres de los treinta y seis justos de los que habla el Talmud. Y están aquí.

Cicibù es un amante de las *trattorie,* va a cualquier hora. Su pasión es la comida y no lo esconde.

—El hombre está hecho a imagen y semejanza de Dios —dice—. Por eso honro mi barriga. Mirad: es idéntica a la de Dios.

Es una de las tonterías que más gracia le hacen. Lo dice y se echa a reír.

A Josko le alegra la novedad de los recién llegados y del almacén que hay que gestionar. Es un oficio, es experiencia. Para Josko cada obstáculo es un reto.

Para nosotros las satisfacciones son más prácticas. Nos gusta echar una mano, por supuesto, pero ahora es más fácil obtener lo que necesitamos. Antes teníamos que escribir y esperar a que nuestras demandas llegaran a Génova. Alguien las evaluaba y enviaba lo que precisábamos. Ahora todo es más sencillo. Ahora el almacén está ahí arriba, en el desván.

Tengo una biblioteca completa a mi disposición. Nunca he leído tanto como en este periodo.

Josko me ha colocado entre los que distribuyen la correspondencia. Mi labor es leer las peticiones de ayuda.

—Eres uno de los pocos que saben italiano —me dice.

—Por supuesto, puedo hacerlo —respondí, pero ahora descubro lo doloroso que es.

Me sumo en la desesperación. Abro un sobre y todo se vuelve oscuro, no hay luz.

Hay peticiones:

> Tened piedad de mí, soy un pobre viejo maltratado por el destino. Mi mujer siempre está enferma y no sé de dónde sacar el dinero para las medicinas...

Quejas:

> ¡Ha pasado otro mes sin que haya recibido nada! ¿Puede saberse en qué estáis pensando?

Y pequeños gestos de dignidad:

> Ya que he encontrado una ocupación que me da una ganancia modesta, pero suficiente, quiero informaros de que renuncio al subsidio que he recibido hasta ahora.

Y también encuentro la carta de un niño. La más difícil de leer, imposible de delegar en los demás.

> Queridos señores que nos enviáis dinero, me llamo Enrico y tengo diez años. Antes os escribía mi padre. Desde que murió, mi madre ha dejado de hablar y yo no sé qué hacer. No tenemos comida. Ayudadnos, por favor.

No estoy seguro de haberlo entendido bien. A mitad de la carta pierdo la concentración y vuelvo a empezar. La repaso al menos tres veces. Pienso en mi hermano, me lo imagino solo en aquella casa, la casa de Enrico, a quien no conozco. Luego me imagino a Enrico en mi casa, con su madre, protegidos por cuatro paredes finas. Debería estar allí, con ellos. Con Enrico, con su madre. Con Sami, con mi madre. Debería abrazarlos a todos y decirles: «No te preocupes, Sami, Enrico, o quienquiera que seas; no tengas miedo, ninguna palabra cae en saco roto, ni siquiera la voz del hombre. Todo tiene un sitio y un destino».

Pero estas palabras no son mías. Son demasiado profundas e importantes y pierdo de nuevo la concentración. Son palabras del tío Hermann y tengo la seguridad de haber llegado demasiado tarde, cuando la tragedia ya se ha consumado.

Sí, tengo la seguridad. No hay nada que hacer. Era inevitable. El esfuerzo de Josko ha sido en vano, de nada ha servido su control.

He recibido una carta de mi madre.

Querido Natan:

Por fin he recibido noticias de tu padre. Me dice que está bien. Tiene algunos achaques, los de siempre, pero está bien. Trabaja en una fábrica que produce acero para cañones. En esta época de guerra todas las manos son necesarias. El trabajo es fatigoso, pero lo soportará y tarde o temprano volverá a casa. Le he respondido y le he contado lo tuyo, tu viaje.

A pesar de que hace mucho que te fuiste de Berlín, aquí es como si no te hubieras marchado. Todo sigue igual. La señora Bielski no deja de pelearse con los vecinos. Y con los que no son vecinos, para ser sinceros. Ya la conoces: le gusta discutir. Si cuando nos cruzamos me mira por encima del hombro y no me saluda, significa que también se ha peleado conmigo durante la noche. No sirve de nada pedirle aclaraciones. Lo único que puede hacerse es esperar a que se le pase, si es que se le pasa. A su marido, pobre hombre, ahora le cuesta caminar y no sale de casa. ¿Te acuerdas de cómo te reías con sus muecas cuando eras niño? Por lo demás, todo sigue igual, como cuando te fuiste.

Tu hermano Sami crece y cada vez es más curioso. Se le ha metido en la cabeza que tengo que dejarlo salir solo. Tiene muchas ganas de hacer recados. Su tienda preferida sigue siendo el horno del señor Cohen, donde puede comerse los pasteles con los ojos. No se pone caprichoso, sabe que no puede permitirse otra cosa. Siempre me pregunta por ti y yo le respondo que estás de viaje y que un día nos reuniremos contigo en el sitio más bonito del mundo.

Lo importante, Natan, es que recuerdes las enseñanzas de nuestro querido maestro. Cuando en una tierra extranjera y lejana pensó que lo había olvidado todo, sus conocimientos, sus afectos, le pidió ayuda a quien estaba con él. Pero su compañero de viaje también lo había olvidado todo y solo recordaba el alfabeto. Entonces lo recitaron juntos: *alef, bet, guímel, dálet...* Y recitándolo y repitiéndolo juntos una y otra vez ambos recuperaron la memoria.

Hazlo tú también, querido Natan. Porque donde están nuestras palabras está nuestra casa.

Te abrazo fuerte y espero tu próxima carta,

Tu madre

Doblo el folio por los pliegues para no añadir nada mío en este momento. Sé que nunca lo olvidaré, que no pasará. Este instante permanecerá para siempre, me acompañará toda la vida. Pongo el folio en el sobre, como si nunca hubiera salido de allí. Es importante volver a meter dentro toda interferencia, borrar las huellas de mi paso. Ante mí está el campo, inmenso. A mi alrededor hay un aire denso e irrespirable, líquido, habitual en Nonantola. Aquí, en la llanura, es fácil ahogarse.

Busco todas sus cartas. Entro en el dormitorio y trato de confirmar lo que he entendido: quiero saber cuándo me perdí, cuándo me dejé engañar.

Las guardo en una bolsa blanca, en el cajón de la mesita. Las saco una a una, de la última a la primera. Intento, al leer cada hoja, no llamarme imbécil, idiota, incapaz. No es fácil, pero lo intento.

Leo:

> No te olvides, querido Natan, de avenirte con las personas que comparten el viaje contigo. Con todos. Porque quien es bien recibido por los demás, quien calma con su espíritu a los que lo acompañan, también es bien recibido por Dios.

Y:

> Sigue a tus maestros y nunca renuncies a comprender, no desatiendas los estudios. Quien olvida algo de lo que aprendió, comete una culpa, es como si pusiera en peligro su propia vida.

Y el fragmento de otra carta:

> Reflexiona sobre tres cosas, querido Natan, y nunca te equivocarás: de dónde vienes, adónde vas y a quién le rendirás cuentas.

Josko controló minuciosamente nuestras cartas. Leyó toda la correspondencia para nosotros. Él es nuestra protección contra la estupidez. Estaba preparado para filtrar frases como «te informo de que tu querida madre ha muerto». Pero no sabía que tenía que protegernos del amor.

No puedes ponerte a salvo del exceso de amor.

Mi madre ha muerto.

No sé cuándo, pero antes de que estas cartas se enviaran. Incluso antes de que se escribieran. Alguien las escribió en su lugar para evitar que el silencio llegara hasta mí y, con el silencio, la noticia de lo que había ocurrido. Lo sé porque estas no son las palabras de mi madre. Mi madre nunca habría buscado apoyo en las enseñanzas de los sabios.

Si acaso, como ella decía, eran los sabios quienes deberían haber aprendido de ella, porque todo el mundo es capaz de pronunciar frases de mucho efecto, pero para mantener a raya al medio loco de mi padre había que ser un santo.

Está muerta, ya no existe. O bien se la han llevado los camisas pardas y ha seguido el destino de mi padre. Y ya no está. Ya no hay nadie. Mi padre, mi madre. Sami. Mis recuerdos.

Sami echándome agua directamente en la boca.

—Veamos cuánta cabe —dice—. No te la tragues, mantenla ahí.

Luego me hace visajes y, si no surten efecto, cosquillas en las axilas. Yo no puedo resistir las cosquillas, nunca he podido. Lo salpico todo de agua. El mantel, a mí mismo, pero a él no. Se aparta. Es pequeño, pero no tonto.

Sami sale corriendo y grita:

—¡Mamá, mamá, Natan ha hecho un desastre!

Ella se queda donde está y dice:

—Pero, Natan, ¿cuándo vas a crecer?

Sami se ríe, yo le digo con los labios:

—Luego te mato.

Ahora, mamá, ahora he crecido. Ahora que tengo que aprender a vivir sin tus palabras. Al resto de tu ausencia ya me había resignado. Bueno, no del todo. Antes de coger el sueño todavía necesitaba imaginar que te movías al otro lado de la cortina. Oírte despachar los últimos quehaceres, acostar a Sami.

¿Qué sentido tiene haberme hecho mayor? ¿Qué será de mí sin tus palabras?

Ahora también puedo prescindir de Josko. Ya no tiene que preocuparse por mí. Hay muchos chicos en la villa. Yo ya no lo necesito, no tengo miedo.

Lloro. Ni siquiera me doy cuenta. No me doy cuenta de nada.

A mi alrededor pasan cosas, hay gente que habla, que entra o sale. De la habitación, del mundo, pero no es asunto mío.

Mi almohada está mojada. Demasiado. No pueden ser solo mis lágrimas. En efecto, así es. Son gotas grandes, pesadas, que caen de arriba. Abro los ojos. Sami está encima de mí. Tiene la boca llena de agua y contiene la risa. Mi madre no lo riñe, lo abraza, y él se traga toda el agua de golpe. Inspira hondo. Ha aguantado la respiración demasiado rato, pero también exagera. Le gusta que vea el esfuerzo que ha hecho. De niño mayor.

—Es hora de levantarse, Natan —dice mi madre—. Se está haciendo tarde.

Pienso: «Un momento más, mamá. Un poco más. Ahora me levanto».

Lo pienso, pero es como si lo dijera, porque ella lo entiende.

—No, Natan. Ahora es el momento —responde.

No es una orden. Es una caricia. Trato de abrir los ojos. No puedo.

—¿Por qué, mamá? ¿Por qué ahora?

—Porque no sabes qué esplendor hay ahí fuera. Prados verdes y amapolas entre las espigas. Hay una fiesta y gente que baila. Y luces. Hay todas las cosas que ya son tuyas, pero tú no lo sabes. Como yo no sabía que el loco de tu padre me haría tan feliz. Ni que tú serías la razón de mi vida. Ni que habría valido la pena. Hasta el final. Por eso, Natan. Por todo lo que aún no sabes. Ahora te toca a ti.

No hay incertidumbre en su voz. Su seguridad me arranca del sueño. Todo se derrumba a nuestro alrededor, pero ella no duda. Nada separa sus pensamientos de los míos y, en efecto, dice:

—Sí, Natan, así es. Estoy segura. Haz de tu dolor un nuevo abrazo. Hazlo así y todo encajará.

Oigo su voz y descubro que no es diferente de la del tío Hermann. No son distintas sus palabras. Me parece que mi mente está libre ahora que no tengo la desesperada necesidad de creer en lo que veo. Y veo las cartas de mi madre por lo que son. Reconozco la escritura del tío Hermann. Es una escritura de corazón, tan espontánea que está sembrada de partes de sí mismo. Ha tratado de camuflarla al principio, pero luego, poco a poco, se ha dejado llevar. Ha cedido.

Mi tío Hermann nunca habría escrito: «Lo lamento, querido *dreidel,* tu madre y tu hermano han muerto». Nunca habría permitido que sus palabras causaran dolor. Pienso en él, en el sufrimiento que se ha echado sobre las espaldas para mantener con vida a alguien que ya no está. Pienso en su mirada, que consideraba ajenas las cosas del mundo. Pienso que debería escapar ahora, venir aquí. Pienso que, si no lo ha hecho, ya no podrá hacerlo. Nunca más.

Y pienso en las palabras. En sus palabras. En las nuestras, que ahora no recuerdo. ¿Debería, pues, recitar el alfabeto? ¿Recuperar la memoria? Pero ¿de qué me sirve la memoria ahora que mi casa está vacía?, ¿ahora que la caja de los recuerdos está destruida? ¿Dónde están las hojas, las plumas? ¿A quién le diré: «Te acuerdas de aquella vez...»?

A mi alrededor todo es silencio, pero no es el silencio de la música. Boris y la ópera están lejos. Esta vez no hay espera, solo vacío. A mi alrededor ya no hay nada, nadie.

Ahora mi almohada no está mojada. Está seca y secos están mis ojos, mis labios. Los labios se secan, los ojos escuecen.

—¿Qué le pasa? —oigo decir.

La voz está a mi lado, no encima. Y es la voz de un hombre, no la de mi madre.

—Llamad al médico.

«No es nada, solo estoy cansado. Estoy aquí, parado, y el tiempo pasa. Es así como se resuelve». Pero no lo digo. Me lo tengo para mí y no hay nadie capaz de leerme el pensamiento. Mi madre y Sami se fueron. Están lejos. Aunque hablen, ya no puedo oírlos.

Siento una mano sobre la frente. Es el médico. Escucha el dolor en mi pecho, habla de medicinas.

—Dentro de unos días estará mejor —dice.

Los días pasan, la fiebre baja.

Pero no, no estoy mejor.

Josko viene hacia mí.

—No es nada —digo.

—De acuerdo. Pero sabes que si quieres… —responde.

—Sí.

Con el paso de los días los ojos dejan de escocer. Los labios no, los labios siguen secos. Los labios no sirven si no hay palabras que pronunciar.

7

Las palabras me las arranca una niña enfurruñada con las coletas torcidas. No la conozco, nunca la he visto, pero es la primera persona con la que me topo en cuanto me levanto. La primera persona es una niña desconocida. Es una señal que podría significar que todo ha cambiado. Me la encuentro sentada a media escalera. Bajo, la dejo atrás. A mi espalda pronuncia una frase larga que no comprendo.

—No te entiendo —le digo.

Mi voz suena diferente. Hace mucho que no hablo y quizá no estoy listo. O puede que sí, porque así debe ser. Todo ha cambiado. Incluso mi voz.

Se para un momento y luego sigue. Con más ímpetu, como si quisiera convencerme. Indica un punto más allá de la pared, un punto en la habitación contigua, con la mano abierta. Está enfadada y quiere que yo sepa por qué. No le importa que no entienda lo que dice. Hacia el final, la frase se empina y creo que me ha hecho una pregunta. Me mira fijamente y calla. Espera, resiste.

Me encojo de hombros, no sé qué hacer.

—Vale, sí —acepto.

—¿Sí? —pregunta en italiano; sí, lo conoce.

—Sí —repito convencido y asiento para que no quepa duda.

Está sorprendida, pero me sonríe. Se tranquiliza, me abraza. O, mejor dicho, se me echa encima y luego me coge de la mano. Me lleva donde están los demás. Son muchos, muchos más de los que recuerdo. También hay otras niñas, todas con las coletas torcidas y unos vestidos de muñeca que dan miedo. Pálidas, con la ropa arrugada.

La que me guía me presenta a las demás y dice algo en su lengua llena de consonantes que ruedan. Tengo la impresión de ser un trofeo. La conversación sube de tono, se pelean. Miro a mi alrededor, hay mucha gente que no conozco y entonces recuerdo. No sé cuánto tiempo he estado ausente, no sé cuánto ha durado, pero está claro que entretanto ha llegado el grupo de Split.

Se habló mucho de ellos. Al final pensábamos que no vendrían. En cambio, ahí están. Son sobre todo niños, pero también gente de mi edad.

Según la DELASEM, no había otro sitio donde acogerlos. Villa Emma es lo suficientemente grande para que quepamos todos. Cuando nos dijeron que llegarían, hubo gente que se alegró.

—Nuevos prófugos, nuevas caras.

—Ojalá sean simpáticos.

—O guapos —puntualizó Agnes.

—Veamos primero cómo se comportan. Ahora que nos hemos acomodado llegan estos y lo ponen todo patas arriba. Ya veréis —dijo alguien.

Había quien no veía la hora de cambiar las viejas costumbres y quien quería mantenerlas.

Ahora que tomo conciencia del ajetreo que nos rodea, yo también creo que cambiarán muchas cosas. Ellos son muchos, demasiados. Me pasan por delante caras nuevas continuamente y no hay manera de aprender sus nombres. Descubro que de nuevo hay problemas con las camas. Josko llama a Boris y juntos me llaman a mí.

—Vamos a casa del médico, veamos si puede hacer algo —dicen.

No necesitan en realidad mi ayuda, pero ahora que me aguanto de pie me llevan con ellos. Quieren saber en qué pienso, sé que suelen hacerlo. No soy el primero.

A mi alrededor todo corre muy deprisa, más deprisa que yo. Es increíble que te dejen atrás de esta manera. Es una sensación que no conozco. Me dicen «ven» y yo voy, pero no estoy con Josko y Boris. No sé dónde estoy.

Giambattista, el hijo del médico, nos recibe con alegría. El doctor nos hace sentar, nos ofrece vino. Hay paz aquí, en su casa. Me ofrece un vaso a mí también, sin pensar. Es la primera vez que me tratan como adulto y no me gusta la sensación. Miro a Giambattista; juega, lo envidio.

El doctor escucha, Josko habla.

—Necesitamos camas —dice Josko—. Y rápido.

El doctor hace conjeturas. Sus palabras son más rápidas que mis pensamientos. Me pierdo, también porque él mismo rechaza sus hipótesis y retoma el argumento desde otro punto de vista. No entiendo nada. Luego menciona al padre Arrigo.

—En el seminario hay camas. Si las necesitamos, el cura es capaz de hacerlos dormir en suelo.

—¿A quién? —pregunto.

—A los seminaristas.

—¿Quiénes son los seminaristas?

Mi duda llega tarde. Todos son más espabilados que yo. Estamos en la calle, soy el último de la fila. Boris me espera, se pone a mi lado. Quiere hablarme.

—No es nada —digo; lo mismo que le dije a Josko.

—Vale —responde—, pero sabes que si quieres…

—Sí.

Llegamos delante de la casa del cura.

Entramos sin llamar. El doctor se muestra seguro, accede como si fuera su casa. Boris mira a Josko, duda, y Josko abre los brazos y dice:

—Él sabrá…

Pero el padre Arrigo no está. Entonces el doctor se sienta y también nos sentamos nosotros. La habitación es pequeña, hay un ataúd apoyado contra la pared. De pie, un ataúd de verdad. El cura lo ha convertido en una librería. Tiene tres estanterías con libros encima. Son libros cristianos, al menos eso es normal.

Encima del ataúd hay un cartel escrito a mano que reza: ME MUEVE EL AMOR, y yo pienso que debe de ser bonito encontrar una frase y poner dentro toda tu propia vida. A salvo.

Boris, Moreali y Josko hablan entre ellos. Yo escucho. Hablan de camas y de otros problemas, pero está claro que lo hacen para pasar el rato.

Cuando llega el cura, tengo la impresión de que el cuarto se llena, de que lo único que se puede mirar es a él. Enseguida me doy cuenta de que su nombre tampoco podrá olvidarse, aunque aún no sé por qué. El padre Arrigo no se sorprende de vernos en su casa, daba por sentado que nos encontraría allí.

Cuando le cuentan el motivo de la visita y se empieza a hablar de camas, el padre Arrigo va al grano.

—Por supuesto —dice—. Los chicos están en sus casas pasando las vacaciones. Ningún problema. —Se para un instante, reflexiona y luego pregunta—: ¿Cómo están los nuevos? Aparte de las camas, ¿va todo bien?

«Hay mucho jaleo —quiero responder—, muchas caras nuevas». Supongo que Agnes estará contenta. Además, hay niñas con coletas torcidas que se pelean entre ellas y más vale no acabar en medio. Pero dejo hablar a los demás, porque no sé cómo están los nuevos, no los conozco aún y esta idea me sorprende. Me prometo que los observaré con más detenimiento y cuando vuelvo a la villa empiezo por el más pequeño.

El más pequeño no tiene nombre. Estaba solo en Split, vagando por la calle. Lo recogieron mientras huían. A simple vista no tiene más de seis años, pero se comporta como si tuviera tres. No habla, hace muecas. Y arma desastres.

Schoky se refiere a él como «Aron Koen»; lo protege y lo cuida. Por las mañanas le prepara el desayuno y el niño lo llama «papá». Schoky no lo corrige porque tiene un hijo que se quedó en Polonia y lo echa de menos.

Ahora Aron Koen tiene una casa, muchas personas a su alrededor y a Schoky como padre. De él aprendo que todos tenemos que cruzar un dolor y que al otro lado hay algo que debemos conocer. Quien se para a medio camino se queda en el dolor y pierde el sentido del viaje. Eso es lo que aprendo de Aron Koen.

Noto que entre los nuevos hay uno que tose mucho. Tiene el pelo rizado y la mirada melancólica. Es él quien capta mi atención, aunque sea un solitario. Si sonríe, lo hace por pocos instantes, porque le entra una tos fuerte. Tiene que controlar un fuego y estar serio lo ayuda. Se llama Salomon, Salomon Papo, y, si pudiera elegir un amigo entre los nuevos, lo elegiría a él. Me gustaría preguntarle qué es esa luz gris que brilla en sus ojos, pero es una pregunta delicada. Quizá más adelante.

Sin embargo, no disponemos de tiempo, porque el doctor Moreali lo visita y le encuentra algo en los pulmones. Se lo llevan a la montaña para curarlo. Va para largo, dicen.

En la mesa, los chicos nuevos cuentan cosas de los campos en los que estuvieron. Hablan de hambre y miedo. Solo lo hacen unos pocos. Al principio pienso que los demás aún están trastornados por el viaje, por la huida, pero luego caigo en la cuenta de que el problema es otro.

Aquí en la villa se hablan muchos idiomas y cuando alguien se expresa los demás no siempre lo entienden. Alemán, polaco, croata... Nos reunimos en grupos, hay rivalidades y la vida ahora es complicada. Se necesita aún más atención y fuerza para seguir adelante. Fuerza, atención y alma de terciopelo. Mirándolos a ellos, a los recién llegados, me convenzo de que esto es lo que necesitamos: un alma de terciopelo.

Escribo:

Querida madre:

Tu carta me ha reconfortado mucho. Tuve una pesadilla. Nuestra hermosa ciudad estaba en ruinas, era gris. Temí que la guerra hubiera llegado hasta allí con su carga de destrucción. O que los camisas pardas te hubieran hecho daño de nuevo, a ti, a Sami o a alguno de mis amigos. Temí que hubieran quemado de nuevo las sinagogas y las tiendas de nuestros conocidos. Donde estoy ahora por fin he comprendido la importancia de nuestros queridos maestros. Los profesores nos invitan a rezar tres veces al día y yo soy feliz porque finalmente me estoy acercando a la religión. A menudo viene un rabino de Módena, un hombre santo, y es agradable escuchar sus enseñanzas. Querida madre, si supieras el alivio que me proporciona todo lo que estoy comprendiendo... Hasta ahora no he entendido plenamente lo que me escribiste en una carta de hace tiempo. «Nunca renuncies a comprender —pusiste—. No desatiendas los estudios. Quien olvida algo de lo que aprendió comete una culpa, es como si pusiera en peligro su propia vida».

Te ruego, querida madre, que me envíes más reflexiones tuyas como esta. Me hacen muy feliz, porque tú y el tío Hermann sois mis valiosos guías. Las personas que más quiero y más estimo. Estamos cerca con el espíritu, pero cuando vivamos en Eretz Israel también lo estaremos con el cuerpo.

Tu hijo que te quiere,

Natan

Si me ha llevado hasta ti y hasta tu manera de ver el mundo, tío Hermann, estudiar es realmente el camino más santo que hay que recorrer. Me empeñaré al máximo. Un día entenderé tus enseñanzas.

8

Es culpa de Leo. Casi siempre es culpa de Leo. Es él quien organiza. Es él quien se ocupa de las cosas normales. Gracias a Dios, se ocupa de las cosas normales.

Kuki es entrenador. Me coge aparte y dice:

—¿Qué quiere decir que no juegas? —Levanta la vista al cielo y trata de hacerme sentir culpable. Mecanismos sencillos fáciles de evitar—. Déjate de bromas. Necesitamos a alguien que corra.

—No.

—No tienes que hacer prácticamente nada. Agarras el balón, te colocas en el área y cuando llegues al fondo te pones en el centro. Es fácil. Corres, llegas, te pones en el centro.

Será fácil, pero puedo ahorrármelo. Soy categórico, firme.

—No tengo ganas —repito.

—Viene también el alto —interviene Leo.

—¿El alto?

—El alto.

—¿Cuál de los dos?

—No lo sé. Se llama Alberto, es él el que formó el equipo del pueblo. Kuki, ¿tú sabes algo más?

—Yo ni siquiera sabía eso —dice.

Su mirada baja del cielo y toma luz. Sabe que estoy a punto de ceder. Quiere que diga que sí, lo quiere con todas sus fuerzas.

—De acuerdo —acepto, porque tengo mis motivos para verlos a los dos, al bueno y al descarriado; a uno debo pedirle perdón, con el otro tengo que ajustar cuentas.

En el campo se está en pantalón corto. Max tiene algo detrás de la camiseta, un número, creo. Max se lo toma todo muy en serio. Klaus da palmadas en el hombro. Aprieta los puños y dice:

—¡Vamos, vamos!

Leo imparte órdenes:

—Compactos, todo el mundo adelante.

O bien:

—Todo el mundo atrás.

Quietos, nunca. A los diez minutos de partido se quedará sin aliento. Yo voy a mi aire. En pantalón corto.

Luego empezamos a jugar, pero no veo al alto. No está. Herbert juega con entradas. Le disputa el balón entre los pies al adversario. Casi siempre se va de vacío. Los de Nonantola lo calan enseguida y no le hacen caso. Mis compañeros corren como si huyeran. No saben controlar la respiración. No saben que el aire se acaba tarde o temprano. Corren detrás del balón, pero el balón siempre es más rápido que quien lo persigue. No duraremos mucho. Perderemos.

Llega el alto, con retraso. Deja la chaqueta al borde del campo y entra. Alberto es el bueno, aún tiene media cara morada. Lo lamento. Me acerco y le ofrezco la mano.

—No pasa nada —responde.

Y se encamina hacia el centro del campo. Es una manera de hacer las paces que reconozco, nosotros hacemos lo mismo. Pocas palabras y un partido por ganar.

Uno a cero. Vamos perdiendo. Dos a cero. Yo he cumplido, quizá sea mejor que me vaya. Sí, más vale que vuelva a mis lecturas, a mis asuntos. Tres a cero.

A nuestro alrededor están las chicas. Animan, se hacen oír, sobre todo al principio; luego callan. Fraternizan con las forofas adversarias. Charlan entre ellas, no dependen de los goles que nos han marcado, no están desmotivadas. Las chicas se rigen por reglas diferentes. Es su manera de enfrentarse. Así lo interpreto.

Yo me voy. Abandono el partido. El sol empieza a ponerse y esparce melancolía, como cada atardecer. Acabo de salir del campo cuando oigo un grito a mi espalda. Uno de Nonantola está en el suelo. Se sujeta un tobillo con las dos manos. Se mece hacia los lados.

Una chica sale corriendo hacia él, debe de ser del pueblo, porque está nerviosa. Una hermana o una novia. Más bien una novia: se le echa encima y le sujeta la cabeza. Un gesto definitivo, trágico. Pero hay algo en el comportamiento de la chica, en sus gestos teatrales. Algo familiar que ya he visto.

Agnes. Es Agnes la que se afana en medio del campo y da indicaciones acerca de cómo socorrer al lesionado. Enfermera se nace, sobre todo si en el suelo hay un jugador que habla una lengua exótica.

Pero no es la lesión lo que interrumpe el partido ni la luz, que declina. Es el director Umberto. Llega y escupe ráfagas de palabras que incluso a mí me cuesta entender. Faltan unas diez personas a la llamada a la oración, eso es lo que pasa. Somos nosotros. Aún no es hora de regresar, pero el director sabe que a los desertores hay que requerirlos con tiempo, de lo contrario se esfuman.

Grita, vocea y grita de nuevo. Y finalmente se aclara una duda que todos teníamos. ¿Qué pasa si no se obedece a su férrea disciplina? Nada.

Nos despedimos de los chicos de Nonantola con apretones de manos y cumplidos de personas con educación. Un par de los nuestros se entretienen pasándose el balón con un grupo del pueblo. El director Umberto levanta otra vez la voz, pero enseguida desiste. O, mejor dicho, amenaza y desiste al mismo tiempo, porque sabe que si insiste también perderá a los demás, los que se han encaminado hacia la villa. Sabe que el mal ejemplo es siempre el más apetecible.

El lesionado sigue en el suelo. Ya no grita ni se mece, ahora que Agnes está encima de él. La penumbra favorece que intimen.

El director Umberto se acerca a ellos y les dice algo. Agnes finge no entender. Algunos de los que ya habían entrado salen de nuevo y se ponen a pasarse el balón. El director se olvida de Agnes y se dirige hacia los chicos; el resultado es que ni a Agnes ni a ellos les asustan las amenazas.

Aron Koen salva la situación. Lo vemos salir corriendo con la pilila al aire, sin pantalones ni calzoncillos. Corre como una marioneta: brazo izquierdo adelante, pierna derecha atrás y viceversa. Es una flecha y se ríe. Schoky lo persigue con la ropa en la mano. Pantalón y calzoncillos. Por eso se escapa. Cuando llegan a nuestra altura, Schoky lo agarra al vuelo y lo sube por encima de su cabeza. Aron Koen se parte de risa y Schoky se lo pone debajo del brazo, entonces da vueltas sobre sí mismo y les muestra a todos su pompis blanco. Él también se ríe, pero luego para. No ve lo que vemos nosotros, o al menos no se da cuenta enseguida. No ve la fuente. Un niño y un arco de agua —muy clara para ser pipí— que va hacia arriba, pero que después cae hacia abajo y rebota en su camisa.

Alberto es el último en irse. Se queda a disfrutar de la escena. No dice nada, no pregunta nada, pero me siento igualmente obligado a aclarárselo.

—Es una jaula de locos —digo.

—Ya lo veo —confirma.

Días más tarde, Kuki vuelve a la carga. Esta vez con la pesca.

—Vamos a pescar. ¡Es fácil! —dice.

Los chicos de Nonantola, que ahora nos esperan fuera de la villa, se han ocupado de traer las cañas. Para mí la pesca es como el fútbol. Si el sentido final es comer pescado, a mí ni siquiera me gusta. Así que me niego.

—Siempre de buen humor, ¿eh? ¿Te han dicho alguna vez que pareces berlinés? —dice Kuki.

Es un ataque que no me esperaba y me afecta.

—Ven con nosotros, no tienes que hacer nada. Te sientas y esperas. Si algún pez pica, me pasas la caña y me ocupo yo. Fácil, ya te lo he dicho.

Fácil no lo sé, pero al menos esta vez puedo quedarme sentado pensando en mis asuntos. Debería irme mejor.

Entre los chicos también está el que se dio el golpe en el tobillo. Monta en bicicleta. O los cuidados de Agnes lo han ayudado a reponerse o había exagerado un poco. Ella también está y vendrá al río con nosotros.

Veo a Alberto y a la chica que siempre va con él. Tienen una bicicleta para los dos: Alberto pedalea y ella está sentada en el manillar.

Agnes no deja de hablar. Kuki pregunta cómo funciona la pesca por aquí y cuando se lo cuentan necesita continuas traducciones. Sabe pocas palabras, pero como el tema le interesa no pierde la ocasión de hacer preguntas. Tengo la impresión de que me ha llamado para que le haga de intérprete.

Los demás también me piden ayuda. Me paso el rato haciendo de puente. Desaparezco detrás de las frases de los demás. No sé todas las palabras, sobre todo los verbos. Las preposiciones también me crean problemas. Pero entiendo el sentido de lo que me dicen. Si no es suficiente, me lo invento.

La chica que va en bicicleta con Alberto pierde el equilibrio y se sujeta a su cuello para no caerse. Derrapan, pero Alberto retoma enseguida el control. Ríen, se abrazan, hacen muy buena pareja. Una pareja normal, como Leo. De una normalidad sin desánimo. Los miro, miro a Alberto y a la chica, y pienso en lo que no tengo. No en lo que he dejado, porque ya no me queda nada allí, en Berlín. Pienso en lo que no tengo aquí, ahora, en esta etapa intermedia. Me da la impresión de no haber vivido nunca nada más que etapas intermedias. Paso de un sitio a otro para recordar por qué debo esforzarme.

Al río no llegamos. No nos da tiempo a oír su rumor. Hay una curva, rodeamos un pequeño bosque de fresnos. Encontramos una casa de ladrillos rojos. Es majestuosa y está abandonada. El tejado se ha hundido. En su lugar está la copa roja y amarilla de un árbol. Es espléndida y ruinosa a la vez. El río está más allá de la casa. En medio, entre la casa y el río, en un meandro bien protegido, hay un campamento con una bandera en el centro.

No, no es una bandera. Es una esvástica.

Los soldados llevan las camisas desabrochadas. Algunos fuman, otros arrastran barriles o reparan motores. Todos nosotros, los de la villa, nos escondemos detrás de la casa de ladrillos rojos. Nos sentamos, con la espalda y la cabeza apoyadas contra la pared. Los de Nonantola no lo entienden. Se quedan de pie al lado de sus bicicletas, mirándonos. Nosotros pegados al muro, ellos en medio de la carretera. Estamos en dos mundos diferentes.

No puedo evitar asomarme por detrás de la casa para ver qué pasa.

Automóviles, motos, camiones. Un hombre sirve y distribuye comida de un fogón con ruedas. Un cocinero que reparte comida a las fuerzas del mal. Sin cocineros, el mal se moriría de hambre y el mundo entero volvería a estar en paz.

Hay una tienda marrón, solo una. Doy por supuesto que el jefe está dentro. En el suelo, cajas de madera esparcidas. Montada en un carro, todavía enganchado a un automóvil, una ametralladora. Los fusiles están apoyados en el suelo, de pie. Ellos también descansan.

No me asustan las armas. Las armas matan y punto. Lo que me da miedo es la esvástica. Es el mismo miedo que sentía en los desfiles, en Berlín. Mi padre me señaló la esvástica desde la ventana.

—No te fíes de quien necesita una bandera —dijo.

—¿Por qué, papá?

—Porque detrás de cada bandera hay un deseo de asustar, de enfrentar a unos contra otros. Solo eso.

Así es. Tenía razón. La esvástica nos persigue desde siempre. Ahora está aquí y cumple con su función: nos asusta. Espero que en Eretz Israel no haya banderas. Y si no pueden prescindir de ellas, espero que sea un inútil retal de tela blanca.

Agnes también se ha ocultado, está cerca de mí. Kuki hace un gesto a los de Nonantola para que se quiten del camino.

—¡Marchaos, marchaos, que os verán!

Y si los ven a ellos, es inútil que nosotros nos escondamos.

El que se dio el golpe en el tobillo se encoge de hombros y abre los brazos.

—Pero si son nuestros aliados… —dice.

Él no sabe nada. Alberto, en cambio, debe de haber oído algo acerca de los nazis, de los judíos, de lo que está pasando. Le da un empujón y le hace una señal para que se calle. Se lleva el dedo índice a la boca y también se dirige a los demás. Se esconden con nosotros.

Alguien confiesa:

—Tengo miedo.

Es uno de los nuestros, evidentemente. No veo quién es.

Veo, en cambio, cómo le tiemblan las piernas a Agnes debajo de la falda. Podría hacerse pipí encima. Gritar no, eso no lo haría nunca. Antes se metería piedras en la boca. Si la tuviera más cerca, la abrazaría y le diría: «¡Chis! ¡Vamos! Saldremos de esta».

Kuki respira entrecortadamente, pero resiste. Mira en todas las direcciones en busca de una escapatoria.

Alberto acerca la oreja a la boca de su chica, o puede que sea ella la que tira de él y le habla en voz baja. Él asiente, convencido. Dice que sí con la cabeza.

La idea es sencilla, pero funciona. Los italianos salen al descubierto y hacen como si nada. Se dirigen hacia el río con las cañas y las cestas de mimbre. Pasan por delante de los soldados y los saludan. Se muestran cordiales, piden permiso.

—Nos ponemos ahí, ¿podemos?

E indican el sitio, les muestran las cañas de pescar. Son chicos tranquilos del pueblo. Solo quieren pescar. Los alemanes responden:

—*Bitte, bitte.*

Nos ponemos de pie sin hacer ruido y salimos corriendo en la dirección opuesta, hacia la villa. No sabemos qué pasa a nuestras espaldas, pero oímos reír. Todo va bien. Los chicos hablan con los soldados; la casa y el bosque cubren nuestra retirada.

En cuanto ve la villa, Agnes se echa a llorar. No busca consuelo. Solamente llora. Un llanto sincero. Me preocupa lo que vamos a contarle a Josko, que, en efecto, pierde los papeles. Impreca en croata. No entiendo lo que dice, pero sé que maldice precisamente porque habla en croata. Nuestro incidente causa otro motivo de enfrentamiento con Umberto, el director.

—Esto es lo que pasa por no respetar las reglas que os impongo —grita.

—Esto es lo que pasa por imponer un montón de reglas sin sentido, como os ha enseñado vuestro Mussolini —responde Josko.

Sus palabras desatan el infierno. El director se lo toma a mal. Josko se pone tajante. Esta vez van hasta el final. Ambos tienen los ojos inyectados en sangre y sus frentes casi se rozan. Falta poco para que lleguen a las manos. Pero entonces llega Cicibù, nuestro pacífico Pacifici. Da uno de sus discursos tranquilizadores y los obliga a admitir que las cosas podrían haber sido peores.

—Nadie ha resultado herido —dice—. Eso es lo que cuenta. Han corrido peligro, es verdad, pero ahora se lo pensarán dos veces antes de hacer lo que les salga de las narices.

Efectivamente. Cicibù logra convencernos a todos.

El director Umberto se marcha satisfecho. Así es, la próxima vez respetarán las reglas.

Pero Cicibù es también un hombre sabio que no se deja distraer por los detalles. Ve el fondo de las cosas. Cuando el director está lo suficientemente lejos, se sienta y nos confiesa lo que piensa de verdad. Lo que deberíamos haber visto sin que nadie tuviera que decírnoslo.

—Hay un campamento de alemanes, ¿no? Un campamento de alemanes en el río. No muy lejos.

—Sí.

—¿Qué está pasando? ¿Por qué han llegado hasta aquí?

Mira a Josko.

Josko vacía los pulmones, es un suspiro infinito que le derrumba los hombros. Se acerca a Cicibù y le pone una mano en el brazo.

—Eres *dialéctico* —responde en italiano—. Alguien como tú puede salvarnos el pellejo.

No estoy seguro de que la frase tenga sentido porque no sé qué significa «dialéctico». Puede que ni siquiera Josko lo sepa. Quizá se parece a una palabra que conoce.

Pero es verdad: Cicibù nos resulta muy útil. Los soldados alemanes que hemos visto tan cerca de aquí solo nos han dado miedo. No nos hemos cuestionado nada. Él, en cambio, ha reflexionado. ¿Por qué están en Nonantola? ¿Qué quieren?

La pregunta se me queda dentro. Le doy vueltas en la cabeza durante días. Y durante días Cicibù no se deja ver. Parece haberse desvanecido.

Debe de haberle pasado algo. Algo malo. Aparece una esvástica y las personas desaparecen de inmediato. Siempre pasa lo mismo, no puede ser una casualidad. No es posible que Josko no se haya dado cuenta, que no haya pensado lo mismo que yo. La ausencia de Cicibù no pasa desapercibida. Antes de que me dé tiempo a preguntarle a Josko, Cicibù reaparece. Tan de repente como había desaparecido. Y no es como si hubiese vuelto del infierno, todo lo contrario. Pone más bien cara de tonto. Una sonrisita floja y algo distraída. Se mueve entre las sillas como si nada. Estamos en la mesa, él debe de haber comido en la *trattoria,* como siempre.

Cuando pasa le da una palmada en el hombro a Boris, que por poco se atraganta con la corteza del pan. Camina entre las mesas, le quita el tenedor de la boca a Herbert, le cambia de sitio el vaso a Gisela... A mí me pone la servilleta debajo de la barbilla.

—Cuidado, que te ensucias —dice.

Le da un beso en la mejilla a Sonja y ella se ruboriza. Está más contento que de costumbre. No es posible estar más contento que Cicibù, pero él lo logra. Se supera a sí mismo.

«Ha bebido», pienso. Esa cara de tonto lo delata.

La silla frente a Josko está libre. Se sienta en ella. Lo tengo detrás y le oigo hablar. Lo oigo todo, pero no veo nada.

—¿Qué? —pregunta.

—¿Qué de qué?

—¿Quieres un poco de agua?

Debe de haber bebido en la *trattoria*, es evidente, pero no está borracho, no se le traba la lengua. Es más, habla con fluidez. El cristal del vaso tintinea.

—¿Qué me cuentas? —insiste Cicibù.

—Pero ¿de qué me hablas? —responde Josko, riendo.

El comportamiento de Cicibù le parece extraño y se ríe. Y, en efecto, lo es, porque Cicibù añade algo que en su boca suena gracioso. Parece la frase de un niño.

—Te voy a decir una cosa, pero no se lo cuentes a nadie.

Luego emite un sonido con las manos, como si quitara las migas de la mesa, pero no es exactamente eso. Es como si arrugara algo y luego lo estirara. Pasa la mano por encima y produce un sonido áspero. Schoky se levanta, va hacia ellos. Olfatea la noticia. Quiere saber.

—Estaba comiendo donde Marta —confiesa Cicibù— y llega uno de fuera. Era de Roma, quien no lo entendió al principio lo entendió al final, porque nos dijo en su dialecto: «Recobraos de la noticia. ¡Recobraos, que el fulano está a punto de irse!». Y efectivamente sí, lo necesitábamos. Recobrarnos, quiero decir. Una noticia que es una bomba. De Roma… Tienes que ir a Roma, Schoky. Podrías hacer grandes negocios allí.

—De acuerdo. Lo pensaré.

—Bien. Bueno, como te decía, el hombre era de Roma, pero en la *trattoria* de Marta todos lo conocían y él conocía a todo el mundo. En cuanto lo vieron llegar le preguntaron: «¿Novedades?». Se ve que están acostumbrados a que les cuente cosas. Se ve que el hombre suele estar al día. «Pues sí —respondió—. Grandes novedades. Os voy a contar la última».

Todavía lo oigo. La palma de la mano produciendo de nuevo aquel sonido áspero, una, dos, tres veces.

—Se echó a llorar. Hablaba y lloraba. Estaba emocionado. Era un espectáculo. Un hombre grande y fuerte, ¡un armario!, llorando a moco tendido. Dijo que hacía veinte años que esperaba y que no veía la hora. Y que, si esperas algo durante veinte años, cuando llega no te lo crees. Te parece imposible. Veinte años. Contó que se había parado un momento para comer algo, pero que volvía a Roma para verlo personalmente. Y preguntárselo a alguien del partido. No aclaró de qué partido, pero, visto lo que soltó luego, seguro que no era el fascista. «Llamaré a la puerta de Palazzo Venezia para ver si aún me abre ese fulano». Entonces pregunté, pero nadie sabía a qué se refería. Y luego, hoy, mirad, leed.

La voz de Cicibù se vuelve de goma, se deshilacha. Lo oigo moverse en la silla. Está agitado, se suena en el pañuelo. Entretanto, Boris, Helene y otros adultos se levantan y rodean la mesa de Josko y Cicibù. Me doy la vuelta para mirar. Se pasan una página de periódico. El sonido era el del papel de periódico. Cicibù desplaza la silla hacia atrás, se pone de pie y abraza primero a Boris, luego a Helene y luego a todos los demás. A todos.

Tiene los ojos llenos de lágrimas y asiente con la cabeza. No lo entiendo, pero veo que a los demás también les sorprende el comportamiento de Cicibù. O quizá lo que dice el periódico. No lo sé. Cicibù se seca los ojos y abraza mientras murmura en voz baja que es todo verdad, incluso a quien no se lo pregunta.

—¿Así que los alemanes vuelven a su país? —pregunta uno de Split.

—Sí, sí, es verdad.

—¿Cómo es posible que Mussolini acepte que lo aparten? —quiere saber otro a quien no veo.

—Sí, sí, es verdad —responde Cicibù, yendo a su encuentro para abrazarlo.

—¿Cómo puede ser que se quede de brazos cruzados?

—Vamos al pueblo. ¿Qué os parece? Quizá nos enteremos de algo más —propone Josko.

Se ponen de pie. Cicibù seguiría dando vueltas por la sala, pero se lo llevan.

Yo también me levanto y los sigo. Luego veo que han dejado el periódico encima de la mesa. El titular es de gran tamaño: «Mussolini dimite. Badoglio, jefe del Gobierno». Y debajo, en tipos iguales: «La proclama del soberano. El rey asume el mando de las Fuerzas Armadas». Y en el reglón siguiente: «Badoglio a los italianos: "Cerrad filas alrededor de Su Majestad, imagen viviente de la patria"».

El tono es triunfal, así que todo se derrumba. Yo también salgo, sigo a los demás.

En la plaza hay gente. El pueblo entero. También está Moreali, el médico. Tiene los ojos enrojecidos y se ríe con excitación. No ha bebido, como tampoco lo ha hecho Cicibù, ahora está claro. Sin embargo, parecen borrachos. Moreali, Cicibù, los pasantes. Todos. El ambiente es festivo. La gente habla de un sueño. O del final de una pesadilla. Todo es más claro. Inmediatamente después de una pesadilla parece que las cosas se ven por primera vez. Se tambalean de emoción, como si estuvieran achispados; en efecto, las novedades los arrollan. Los detalles nunca han sido tan importantes, tan evidentes.

El vuelo lento de las luciérnagas entre la hierba baja, un soplo de viento que viene del Panaro, el olor a cieno que arrastra consigo, la consistencia de los ladrillos de las casas, la voz de una anciana, el portazo al salir, las luciérnagas de nuevo, porque no hay fiesta de pueblo sin luz ni música. Música, sí, también hay música, y es el murmullo que oigo, armónico, compacto.

Así es. Nada parece tan real como cuando los sueños se cumplen.

—Hace veinte años que espero este momento —reconoce alguien.

Lo mismo que dijo el hombre de Roma, pero este es de aquí, de la llanura.

—¡Fíjate tú! Si el pobre Zoboli lo viera...

Cicibù se acerca a Leonardi, lo abraza y el otro le devuelve el gesto hasta hacer que se tambalee. Parecen viejos amigos, o bien padre e hijo. El abrazo del primer día de colegio.

También está Alberto. Se le ve nervioso, me llama entre la multitud, pero es su chica la que lo arrastra hacia mí. No sé cómo se llama ella, pero ambos me abrazan, los dos a la vez, como si fuéramos amigos de toda la vida.

—¡Se acabó! ¿Entiendes lo que ha ocurrido? Se acabó —dice él.

—Ahora sois libres —añade ella.

Él le pasa un brazo alrededor del cuello y la aprieta, mejilla contra mejilla.

—Es verdad, ahora por fin sois libres.

Eso dicen exactamente, primero uno y luego otro: «Sois libres», pero yo ya no sé qué significa ser libre. No soy libre de volver. Y tampoco soy libre de ir. Si realmente fuera libre, me llevaría conmigo a los chicos de la villa. A mi casa. Me llevaría a Josko a comer a mi casa y también a Boris. Mi madre se alegraría de que hubiera hecho nuevos amigos. «Eres un buen chico —diría mi padre—. Te mereces a esas personas especiales que te quieren». Y Sami nos haría reír con sus desastres. A Sonja, en cambio, se la presentaría al tío Hermann. Él tiene frases que curan el alma. Sonja también se merece a una persona como el tío Hermann. Todo esto haría, y muchas cosas más, si fuera libre de verdad.

El doctor Moreali está cerca. Nos oye hablar. Para él, que es cirujano, la comparación es sencilla:

—Aunque cierres un corte —dice—, la infección se queda dentro. No desaparece. Es más, si no puedes verla, es aún más peligrosa. —Apoya una mano sobre el hombro de Alberto y advierte—: Aún hay que tener paciencia. Y mucha. La guerra no ha acabado y los alemanes siguen aquí. Y esos pueden hacer y deshacer a su antojo, sobre todo ahora que ya no se sabe quién manda. Tened cuidado, porque las cosas podrían ponerse peores de lo que están.

También llega el padre Arrigo y llena la plaza con su presencia, como en su casa, pero aquí impresiona más. La plaza es grande y está a rebosar de gente, pero solo se le ve a él. Saluda a todo el mundo y todo el mundo lo saluda. Cuando viene hacia nosotros, el doctor le pregunta qué opina y el cura es de su mismo parecer.

—Si antes estábamos en apuros, ahora ni siquiera sabemos cómo estamos. Puede que incluso peor. Pero no quiero ser un aguafiestas, que hoy no toca. Mirad qué alegría. Parece casi Fin de Año...

Es verdad. Es una de esas fiestas que hacía tiempo que no se veían, pero al cura le toca hacer de aguafiestas de todos modos. Tres chicos se contienden un retrato de Mussolini con la intención de quemarlo. Llaman la atención y eso no conviene, todavía no. El padre Arrigo va a hablar con ellos.

—Prudencia —dice, y los chicos cambian de idea; de mala gana, pero cambian de idea.

Mejor así. El padre Arrigo y el doctor tienen razón. La infección está bajo la piel cosida, pero poco a poco encontrará la manera de salir y de hacerse presente. La infección es aún más peligrosa.

Nos damos cuenta enseguida, bastan pocos días. Nos asomamos a la ventana y nos damos cuenta.

Un obrero sube una escalera armado con martillo y cincel. En media mañana de trabajo desmonta el símbolo fascista de la fachada de la escuela. Mussolini lo había hecho colocar, él lo quita. Estamos cerca, lo vemos martillear, pero desde aquí no oímos ruido alguno. Ni siquiera un golpe.

Los cascos caen en silencio. Como cuerpos inservibles. Incluso los más importantes, los que están arriba.

Sin embargo, algunos habitantes de Nonantola vienen a la villa y nos repiten:

—Ya está, se acabó. Empezamos de cero. Todo irá bien.

Ellos no ven lo que pasa.

No ven que el viento se lleva el polvo blanco que cayó de la pared de la escuela.

Que luego llega otro albañil y carga las piedras en una carretilla. Que los símbolos de Mussolini dejan un perfil vacío. El contorno de un fantasma. Que ahora, sobre la puerta, ondea la cruz gamada.

Veo pasar, bajo la bandera, a alguien que me parece Alberto. Un automóvil se le para delante y de él baja una chica con un sombrerito ridículo. Él la saluda y le da un beso. No es la chica de siempre, es otra, más de ciudad, más elegante. Tiesa. El automóvil reanuda la marcha, él la coge del brazo y charlan. Suben juntos las escaleras, ella saluda al oficial que hay en la puerta y entra. Él se queda fuera con el oficial, saca una cajetilla del bolsillo y le ofrece un cigarrillo. Cada uno golpea el suyo en el dorso de la mano para compactar el tabaco; luego ríen y fuman. En un momento determinado, el alto nos señala. Es un gesto lento, medido. Casi como si apuntara. Dos dedos y un cigarrillo en medio. Si no fuera por el pitillo, parecería que imitan el cañón de una pistola.

No es Alberto, evidentemente. Es el otro.

Josko está preocupado. Permanece en silencio. Cuando le hacen preguntas, responde al tuntún. Trata de tranquilizarnos, pero no puede. Aunque quisiera, no podría hacer más de lo que hace. No hay respuestas. No se sabe quién manda. Pero sabemos de dónde viene el peligro.

Josko decide celebrar una reunión y nos busca uno por uno. Quiere que todos participemos. Al contrario que de costumbre, no hay espacio para el debate. Es él quien imparte las instrucciones.

—No paséis por delante de la escuela —dice—, quedaos en la villa. El que tenga que salir a la fuerza, que lo haga en silencio. No deis a entender quiénes sois ni de dónde venís. Y, en cualquier caso, nada de paseos inútiles; se acabó el pueblo por algunos días. Tenemos que enterarnos de lo que pasa. ¿Quién está de acuerdo?

Todos.

La escuela, que está delante de la villa, es un punto de recogida. Es un ir y venir cotidiano de soldados alemanes enfermos. Hay guardias y controles. Nadie se atreve a salir sin un motivo.

—Nunca nos libraremos de ellos —dice Sonja en voz baja. Aunque mantiene un tono frío, está desesperada—. En cuanto damos un paso, ahí están, pisándonos los talones.

—Sí que nos libraremos. —Helene le apoya la palma de la mano en la espalda y la acaricia con energía, como se les hace a los niños para ahuyentar el miedo—. Ya lo verás. Debemos tener cuidado y marcharnos en el momento oportuno. Saldremos de esta.

—¿Sí? —pregunta un chico que no conozco, uno de los de Split. Parece más desesperado que Sonja, o quizá solo esté más enfadado—. ¿Acaso no veis dónde estamos? Pero ¿adónde vamos a ir? El pueblo es pequeño y está lleno de esa gente. Lo controlan todo. Las entradas y las salidas. Y nosotros somos muchos. Si nos movemos, nos pillan. Que nos quedemos en la villa, decís. Pero ellos saben perfectamente dónde estamos, ¿no? Y saben perfectamente que somos judíos. Vendrán a buscarnos. Vendrán cuando estén listos. Son ellos quienes decidirán cuándo. Siempre lo han hecho así. No tienen prisa. Total, estamos atrapados. ¿O no?

«Josko, no renuncies a tu optimismo. Ahora no. Lo necesitamos todos». Y, en efecto, repite lo que ya dicho Helene:

—Debemos tener cuidado, pero nos iremos de aquí. Os lo prometo.

Incluso ahora, frente a lo imposible, las palabras de Josko parecen de verdad.

Entretanto, el que se ha ido es el director Umberto. Oficialmente está de vacaciones, pero la verdad es que nos ha dejado plantados. Comprendió que la situación era desesperada. O bien se cansó de hablar en el desierto. De impartir órdenes que nadie respetaba. Sea como sea, ya no está, y también por eso Josko lo hace todo de nuevo a su manera.

Volvemos a reunirnos poco antes de acostarnos, porque hay que decir qué hacemos.

—Mañana es 7 de septiembre —dice Josko— y hay una reunión de la DELASEM en Módena. Yo iré. Debo convencerlos de que tenemos que marcharnos de aquí. Hay que organizar la salida. Hacia el sur, hacia donde están los americanos que suben por Italia. Es el momento justo: vamos a su encuentro, superamos el frente y nos ponemos a salvo —explica.

Boris no entiende por qué hay que esperar a la DELASEM.

—Vámonos y punto —dice.

Pero Josko no está de acuerdo.

—Corremos el peligro de acabar en medio del combate. Debemos convencerlos de que nos cuenten lo que saben. Luego ya nos ocuparemos nosotros. Nos organizaremos. ¿Quién está de acuerdo?

Todos.

Josko ha evitado la premisa. Nunca lo haría, nunca pondría el miedo por delante de la solución. Y la premisa es que aquí, en Nonantola, ya no podemos estar.

Hay columnas de tanques y de camiones. Todavía están lejos, pero se mueven. Aquí, en la llanura, con todo el campo alrededor, se oye. Sobre todo de noche. Se oye el metal que aplasta las piedras. La rueda dentada que mueve el engranaje. El chirrido de la escotilla. La correa de transmisión que se suelta. La alegría de los soldados, el suspiro de los melancólicos. La punta de la pluma que araña el papel.

Se oye todo y el ruido nos mantiene despiertos. Cada noche está más cerca. Cada noche un metro más próximo. Puede que más.

—Calculad cuánto tiempo necesitará la columna de nuestro glorioso ejército para recorrer el resto del camino —dice la voz de la señorita Meyer dictando el problema.

Yo, con el lápiz en la boca, me quedo mirándola fijamente; a ella, a la pizarra y a las nucas de mis compañeros, listos para resolver el problema. Yo no lo estoy. Aún no estoy listo.

De Módena informan que la presencia de Josko no es necesaria.

—No se pongan nerviosos —responden—. La situación mejora. Mussolini se ha marchado y pronto el nuevo Gobierno eliminará las leyes sobre la defensa de la raza. No hay necesidad de alarmarse. Tengan confianza.

Eso piensan ellos, pero están sordos.

No oyen cómo avanza la columna. El hierro, los chirridos, las conversaciones, los suspiros, la pluma, nada. No lo entienden. Nuestra única arma es la fuga y escapar no es una cuestión de velocidad, sino de anticipación.

Yo lo sé porque corro desde siempre, incluso ahora que estoy quieto. Corro desde que nací.

El primero que pasa me indica qué tengo que hacer:

—Coge eso —dice uno.

—No, eso no sirve, coge esto otro —le contradice el segundo.

Hay confusión, parecemos hormigas enloquecidas y la tormenta acecha. Cuando cae la lluvia, las hormigas refuerzan la entrada del hormiguero. Desplazan montañas de tierra, acumulan defensas. Nosotros hacemos lo mismo: cambiamos las cosas de sitio, nos intercambiamos señales con las antenas. Nos movemos. Si lo hacemos en una dirección determinada, visto desde fuera no lo parece. Visto desde fuera solo somos hormigas enloquecidas.

El ruido es ensordecedor: han llegado. Una columna de camiones y vehículos blindados. Los vemos desfilar desde las ventanas de la villa. Schoky grita y ordena reanudar el trabajo a los que se paran a observar. A los que se quedan embobados.

Bien mirado, parece que sí seguimos una dirección: de arriba abajo. Vaciamos el archivo del desván y lo llevamos a la planta baja. El archivo contiene los nombres de los prófugos, de los judíos a los que hemos ayudado. El archivo, que fue su supervivencia, podría ser su condena. Tiene que desaparecer.

También está el almacén. ¿Cómo acabará el almacén? Ya lo pensaremos, pero luego. Primero el archivo.

Bajo las escaleras, llevo en las manos un cesto con cartas. Josko se mueve deprisa, casi me arrolla. Con él van Boris y Cicibù, que tienen la misma mala cara que él.

—Ven, tenemos que volver a casa del doctor —dice. Los sigo.

En casa de Moreali me doy cuenta de que hay que tomar una decisión. Entre tantas posibilidades equivocadas, no hay que dar por hecho que haya una buena, por eso hemos venido. Josko, Boris y Cicibù esperan que al médico se le ocurra algo más. La solución que a ellos no se les ocurre. Pero el doctor también está confundido.

—El rey se ha escapado —afirma.

—¿Qué significa que el rey se ha escapado? —pregunta Cicibù, a pesar de saber muy bien lo que significa.

Lo que yo sé, en cambio, es que, si el rey abandona, la partida se acaba. Y entonces debería empezar otra muy diferente.

—Ha visto que las cosas se ponían feas —explica Moreali—. Y se ha puesto del lado de los que están ganando la guerra. Los americanos. Se ha lavado las manos y nos ha dejado a merced de los alemanes.

—Estamos de mierda hasta el cuello —suelta Cicibù.

«Bien, ahora sabemos quién manda», pienso. Es como estar de nuevo en Berlín. Tanto camino para volver al punto de partida. En cuanto damos un paso, ahí están, pisándonos los talones. Sonja tiene razón: nunca nos libraremos de ellos.

El doctor asiente con la cabeza, está de acuerdo con Cicibù. Para él también estamos de mierda hasta el cuello. Pero es un gesto involuntario, espontáneo. Contra su propia voluntad. Si estuviera concentrado, diría lo contrario. Diría: «No, esperad un momento. Aún hay esperanza». Y, en efecto, lo dice. Se recompone y afirma:

—Os echaremos una mano, no os preocupéis. Pero hay que actuar ya.

Ha cogido la chaqueta, está listo para salir y yo no puedo evitar pensar en lo que acaba de decir. «Os echaremos una mano». Nosotros. No está solo, son muchos. Todos, quizá, incluido el cura. Vamos a su casa. El cura no solo está al corriente de la situación, sino que además sabe a ciencia cierta que vendrán malos tiempos.

—¿Qué hacemos? —pregunta el doctor.

—Necesitamos dos cosas —responde el padre Arrigo.

La primera son los documentos de identidad, pero de los buenos. No un folio que lleve escrito «judío» donde pone «raza».

—Un documento así, si os lo piden, es como una pistola apuntándoos. Necesitáis documentos limpios, nuevos.

Tanto el padre Arrigo como el doctor Moreali dan indicaciones precisas a Josko sobre cómo proceder; él se lo hace explicar dos veces para estar seguro de que lo ha entendido. Al día siguiente encontramos los documentos de identidad, colocados en orden alfabético, sobre la mesa del comedor.

—Pero ¿cómo los has hecho? —pregunta Helene, que no asistió a la conversación en casa del cura.

—El empleado del registro civil trató de poner impedimentos, pero el padre Arrigo lo había previsto. Lo conoce —cuenta Josko.

—No es posible —fue la primera respuesta del empleado.

—¿A qué se refiere con «no es posible»?

—Pues... me refiero a que no se puede, de ninguna manera. Sois judíos, ¿no? Si sois judíos, no se puede borrar ese dato. No sé si me explico.

—Se explica, se explica —respondió Josko, pero luego el padre Arrigo lo acompañó a hablar con el alcalde, Ettore Rizzi, cuyo nombre tampoco se olvidará.

El alcalde se plantó ante el empleado y le dijo:

—Asumo toda la responsabilidad. Y, si no está de acuerdo, ahí están los alemanes, vaya usted pasando, denúncieme. A mí, al padre Arrigo y al pueblo entero si lo considera oportuno.

El pueblo entero. El alcalde dio a entender que miles de personas estaban de su lado y el empleado se ruborizó. Balbució de vergüenza. No necesitaba nada más, solo que alguien asumiera el riesgo en su lugar. Se colocó los anteojos y los manguitos y empezó a poner sellos. Eso fue lo que ocurrió.

Llega Schoky y pesca un documento de identidad al azar.

—Es perfecto. Parece auténtico.

—Es auténtico —responde Josko—. Los falsos son estos —dice sacando otro fajo de documentos.

Está a punto de explicar para qué nos sirven dos documentos de identidad cuando Herbert lo interrumpe.

—¿Está todo arreglado? ¿Estamos a salvo?

—No —reconoce Josko—. Aún no.

Herbert está a punto de replicar, pero Josko lo hacer callar.

—Pronto nos iremos, piensa solo en eso.

Trata de mostrar una sonrisa de las suyas. Quiere transmitir seguridad, pero esta vez no funciona. No es convincente. No para mí. Josko se entretiene un rato más, habla con Herbert, que está más nervioso que de costumbre, y se lo lleva a dar una vuelta. Cuando vuelven, Herbert está más tranquilo y bromea con Kurt. Luego Josko coge la chaqueta y sale. Veo la puerta cerrarse tras él. Tengo la tentación de ir a despedirme. Siento que esta es la última vez. No habrá otras. Demasiado lenta la manera en que la oscuridad lo absorbe, demasiado silencioso el mecanismo del cerrojo. Debería decirle «adiós» ahora.

Me siento. Tengo un libro conmigo, pero no leo.

Tengo un vaso de agua, pero no bebo.

Miro fuera de la ventana y espero.

Tengo la impresión de oír la voz del tío Hermann en la lejanía.

—Cuando amenazaba una desgracia, nuestro querido maestro iba al bosque, encendía una hoguera, rezaba una oración y el milagro se realizaba: la desgracia no se cumplía.

»Después de él, su discípulo también acudía al bosque y decía: "Señor del universo, no sé encender el fuego, pero aún soy capaz de rezar una oración". Y también en ese caso el milagro se realizaba.

»Luego le tocó al discípulo de su discípulo: "No sé cómo encender el fuego, no conozco la oración, pero aún puedo encontrar el lugar y eso debería ser suficiente". Y, en efecto, lo era.

»Hasta que el último de los sabios, sentado en la butaca con la cabeza entre las manos, dijo: "No soy capaz de encender el fuego, no conozco la oración y ni siquiera sé cómo encontrar el lugar exacto del bosque. Lo único que sé hacer es contar esta historia. Espero que sea suficiente".

»Y lo fue.

Sí, ha sido suficiente.

Josko ha vuelto y ha traído consigo la segunda idea del padre Arrigo. La segunda idea del padre Arrigo es esconderse.

Puede parecer sencillo, pero no lo es. No en Nonantola, en un pueblo tan pequeño.

Tenemos que darnos prisa. Saben dónde encontrarnos y es cuestión de días. Pocos. Entonces vendrán a buscarnos.

Algunos de nosotros dejaremos la villa enseguida, hay una lista, yo estoy en ella.

—¿Y los demás qué harán? —pregunto.

Esperarán su turno. Por poco. Lo que tarden en encontrar otro lugar. Donde vamos no hay sitio para todos. Vamos al seminario de la abadía.

Nos deslizamos en la oscuridad. Costeamos las paredes. El padre Arrigo y el doctor Moreali nos acompañan. Ellos están siempre a nuestro lado. Se colocan a la cabeza y nos abren camino. Pasamos por delante de la escuela, desfilamos bajo la bandera. Las banderas dan miedo, de noche aún más. Porque a las banderas les importa un pimiento quién eres. Tienen suficiente con ondear.

Contenemos la respiración. No hay guardias, pero la contenemos igualmente. A causa de las banderas. Todos, incluso los que nunca han tenido miedo hasta ahora.

Llegamos. El padre Arrigo llama a la puerta.

—¿Quién es? —preguntan.

—Somos nosotros —responde.

No dice quiénes somos nosotros, señal de que nos están esperando.

Entramos, pasamos por delante de un hombre. Josko le dice:

—Gracias, monseñor Pelati.

Cuando pronuncia ese nombre, yo me lo grabo en la memoria con el fin de que jamás sea olvidado.

—Bueno, bueno... —contesta el monseñor.

Los agradecimientos no son necesarios, ese es el sentido. Y no hay tiempo que perder.

—No hagáis ruido, los seminaristas duermen a esta hora —añade.

Pasamos por delante de dos monjas. Una vieja como el mundo y otra joven de cara redonda. La vieja sonríe; la joven, no. La joven tiene los brazos cruzados sobre el crucifijo. El monseñor se da cuenta de algo y le hace un gesto con la mano. Como si ahuyentara una mosca o una perplejidad.

—¿Qué pasa? —pregunta Josko.

—Nada, nada —responde el padre Arrigo.

Josko no se da por satisfecho. Cree haber entendido.

—¿Algún problema?

—Qué va, pero ya sabe..., chicas en un seminario... A algunos les molesta.

El monseñor encuentra una solución: los chicos irán arriba, con los seminaristas; las chicas a otro sitio, con las monjas.

Es una buena solución, aunque ahora somos menos. Y, siendo pocos, se tiene más miedo.

El padre Arrigo se excusa:

—Para esta noche solo contamos con bancos —dice.

Nos pone a salvo y se preocupa de que estemos incómodos.

Hay un crucifijo en la habitación donde dormimos. Nunca me he acostumbrado a esa mirada de sufrimiento, a mirar los ojos de un moribundo.

Pienso en el padre Arrigo. Me digo que la santidad está en los hombres, no hace falta consultar las palabras de los sabios. Basta con aceptar la comparación que nos hace sentir pequeños y la ves. Aquí, a nuestro alrededor.

Te echo de menos, tío Hermann. Echo de menos tus respuestas a dudas que antes no tenía.

El padre Arrigo pasa distribuyendo mantas y me tumbo. También pasa Josko. Comprueba que todo esté en orden. Me encuentra despierto. Se da cuenta porque por la ventana se filtra una luz amarilla que me ilumina más que a los demás.

—Te conviene dormir, *dreidel* —dice—. Mañana será una dura jornada.

Siento una descarga en mi interior que me espabila del todo.

—¿Cómo sabes que me llamaban así?

—Porque hablas en sueños. Además, «peonza» es un mote bonito que te queda bien.

No me ve convencido y no lo estoy. No puede saber que obligaba a mi tío a darme vueltas. No puedo haberlo dicho.

Se sienta en el banco, a mi lado. Fuera, la luna desaparece detrás de una nube de paso.

—Nunca estás quieto, ni siquiera lo están tus pensamientos. Yo era igual a tu edad. Y no es fácil, lo sé —confiesa.

«Huyo —quisiera decirle—, como tú ahora. Mis pensamientos son los tuyos. Tú tampoco puedes dormir».

—Tenemos mucha suerte, Natan. El padre Arrigo nos ayuda.

—Sí. Pero ¿por qué?, ¿por qué lo hace?, ¿qué obtiene a cambio?

—Nada. ¿Te has fijado que tiene una pierna más corta que la otra? Cojea. Parece siempre a punto de caerse.

—Sí, me he fijado.

—Él dice que ha encontrado la manera de engañar al diablo. El diablo no se entera de nada de lo que hace el padre Arrigo porque cree que es débil. En cambio…

—No parece un hombre de Iglesia.

—No se lo digas. Para él luchar y rezar son lo mismo. En ambos casos se va contra el diablo. No le falta razón.

—No.

—Bien. Y ahora a dormir.

—Una pregunta.

—La última, luego duerme.

—Los documentos de identidad, los falsos…

—Sí, una idea suya. Ha puesto en pie una imprenta clandestina. Dijo que los documentos con los nombres italianos podrían sernos de utilidad si las cosas empeoran. Ya veremos.

—¿Cómo lo ha hecho?

—¿A qué te refieres?

—La imprenta. ¿Cómo ha podido ponerla en pie?

—Otro de sus engaños del diablo. Un empleado del registro civil le ha dado papel timbrado. Y él ha puesto a trabajar a un artesano. ¿Tienes curiosidad?

—Sí.

—Se hizo confeccionar un sello en seco en un pueblecito lejano, Larino se llama. Allí han llegado los americanos, así que nadie puede enterarse. Ha pensado en todo, puedes estar tranquilo. Y ahora a dormir, que se ha hecho tarde.

—¿Cómo se llaman?

—¿Quiénes?

—Los dos que han ayudado al cura.

—Duerme.

—¿No lo sabes?

—Sí que lo sé, pero ¿por qué te interesa...?

—Debo recordar todos los nombres. Los estoy aprendiendo de memoria.

La luna ha vuelto. Su luz hace más brillantes los ojos de Josko. Si no lo conociera, diría que se ha emocionado.

—El empleado se llama Bruno Lazzari. El hombre que fabricó el sello es Primo Apparuti. ¿Contento?

—Sí —respondo.

—Bien.

—Gracias.

—Duerme.

Duermo.

9

Dormimos poco en los bancos del seminario. El sueño no da para más y hay mucho por hacer.

En el segundo piso encontramos una mesa, dos sillas y dos taburetes. Necesitamos un mapa de la zona, pero no hay. Josko le pide al doctor que le consiga uno. Moreali llega con un folio blanco, grande.

—Si no hay mapa, nosotros lo dibujaremos —dice.

Traza calles y casas aisladas o en bloques cuando están cerca. Él las conoce y sabe quién vive en ellas. Sabe de quién puede fiarse. Escribe los nombres de las familias y al lado los de los chicos que hospedan; los nombres de los chicos con un lápiz de punta dura.

Basta la visita de un desconocido o un tropiezo cualquiera y el refugio se quema. Hay que buscar otro.

Ernesto Leonardi permite a algunos de nuestros chicos dormir en el henil, el granero y el sótano.

Giovanni Raimondi en el establo.

Bruno Serafini hospeda a Arnold de buen grado. Lo conocía. Unas semanas antes, Arnold le echó una mano con la cosecha y se hizo querer. Típico de Arnold.

Romolo Casari se ha hecho cargo de un grupo numeroso. No sabemos cómo ha distribuido a los chicos. Josko ha escrito todos los nombres alrededor del dibujo de su casa porque dentro no cabían. El rectángulo, en el papel, ni siquiera es tan pequeño.

Odoardo Borsari acoge a Siegfried. Es amigo de su hijo. Se conocieron aquí, en la villa. No recuerdo si él también participó en el partido de fútbol. Ahora que las cosas se han puesto feas, los Borsari quieren ayudar.

Maria Buzzi ha acomodado a Mala Braun.

Sante Zoboli, el tendero, ha acogido a Hildegard Steinhardt.

El otro Sante Zoboli, el carpintero, esconde a Boris. Los dos lo pasaron muy mal cuando los soldados de la Feldgendarmerie entraron en la carpintería y los interrogaron. No fue el único control que se ha hecho en estos días, solo uno de tantos. Boris lució un buen italiano y los engañó. Cogió una junta de cola de milano y dijo con fastidio:

—Oh, interrumpir a la gente que trabaja…

Lanzó la junta sobre el banco y los soldados se fueron.

Franco Zoboli es estudiante, quiere ser químico. Como no tiene casa propia, les pidió a sus padres que pusieran a salvo a Edgar Ascher.

—Es un amigo —dijo. No dio más explicaciones.

Bunika Altaras, Sarina Brodski y la pequeña Sida Levi están en casa de Emilia Sitti Piccinini, una cestera que conocemos muy bien. Vino a menudo a la villa para enseñar el oficio a las chicas. A juzgar por su carácter, habría hecho lo mismo por unos desconocidos, pero con las chicas ya había un vínculo.

Marcellina Nascimbeni Guerzoni, la estanquera, ha corrido un gran riesgo. Ha acomodado a Jakob y Manfred en el desván que da a la calle principal del pueblo. Las dos o tres veces que salieron los chicos se expusieron a los pasantes. Incluso se cruzaron con unos soldados y tuvieron que meterse en el único portal que estaba abierto; de lo contrario, habría acabado mal.

Aristide Barani, albañil, puso a nuestra disposición una construcción grande en la carretera de Módena, un sitio tranquilo. Los nazis solo podrían encontrar a los nuestros si les dieran un chivatazo. No puede ser de otro modo. Allí seguro que no buscan.

Erio Tosatti es la persona que organizó el taller de carpintería en la villa y que nos enseñó el oficio. Ahora hospeda a Ruth Drucker y Susanne Elster en su piso. Las chicas duermen en la cama de matrimonio con la abuela, que es muy anciana. Antes de que llegaran, la mujer no estaba muy bien de salud. Dice el doctor Moreali que a la anciana se le ha curado todo. Ha recuperado diez años de vida y ahora baila de nuevo la polca.

El suegro de Erio Tosatti se llama Mauro Pignatti y él también acoge a unos chicos que hace pasar por trabajadores. En su casa, como en la de Sante Zoboli y las de muchos otros, también se ha presentado la Policía militar a hacer controles.

—Buscamos a los judíos —dijeron.

—¿Y qué quieres que vengan a hacer los judíos a mi casa? —respondió él.

Mirando el mapa me doy cuenta de que no lograré hacer lo que debo. No podré acordarme de los nombres de todos. Son demasiados y faltan bastantes más; hay quien sabe y calla, quien ayuda a los que ayudan, y muchos otros se ocupan de otras cosas. De la comida, por ejemplo.

Para la gente del pueblo y para los campesinos la comida es un problema. Siempre lo ha sido, pero con la guerra aún más. Sin embargo, quien puede pone a disposición lo que tiene. Desde que estamos aquí, en Nonantola, nadie se ha echado atrás. Y si alguien lo ha hecho, los demás han impedido que nos enteráramos y lo han arreglado. Han tapado los agujeros.

Por eso, desde el principio, no hago más que preguntarme por qué. ¿Por qué lo hacen? ¿Por qué se arriesgan? Ahora estoy cerca de la repuesta. Ahora sé a quién preguntárselo.

Llamo a la puerta y el padre Arrigo me hace entrar. No se sorprende de verme o si lo cojo por sorpresa no lo da a entender.

—Esa no es la pregunta correcta —dice—. No es «por qué». La pregunta correcta es «cuándo».

»Un hombre llama a tu puerta, fuera llueve. No tiene otro cobijo. Te cuenta lo que ha ocurrido. Una cosa seria. Ahora está ahí, delante de ti, ahora conoces su historia. ¿Sigue siendo un desconocido? Al principio, cuando se presenta, sí; no lo has visto nunca y lo miras con recelo. Podría ser cualquiera, cualquier cosa. Una puesta en escena. Ha llamado a tu puerta como tú has llamado a la mía hace poco. Podría tener malas intenciones. Por ahí cuentan cosas así. Luego, a medida que el tiempo pasa, debes decidirte, porque su historia podría ser la tuya. No hay motivos para que no lo sea. No hay motivos para que no lo sea en el futuro. Lo que separa a uno de otro es el azar. El azar ha puesto a uno dentro, a cubierto, y a otro fuera, a la intemperie. Además, si no te hubiera contado su historia, quién sabe, quizá habría sido más fácil. Pero ahora ya no es así. Ahora sabes lo que le ocurrió. Y debes tomar una decisión.

»Con la gente del pueblo ha pasado lo mismo. Os conocieron. Al principio alguno incluso os habrá mirado con recelo. A mí no me lo dijeron, nunca me lo dicen. Saben que es pecado. Y que encima me enfado.

»Pero, aunque ocurriera, luego debieron de pensarlo mejor. Porque nos conocimos. Y eso es lo que cuenta, no ser judío o no serlo. Conocer, conocerse, salvarse. Vosotros, nosotros, todos juntos. Piensa si no hubiésemos hecho nada. Piensa si os hubiéramos visto partir hacia quién sabe dónde. Habríais dejado vuestras huellas, ¿sabes? No creas que las huellas en el camino son invisibles. Vuelven. ¿Qué habría sido de nosotros entonces? ¿Habríamos podido seguir recorriendo el mismo camino? ¿Evitando vuestras huellas? Puede que algunos sí. Los que nunca os dirigieron la palabra, los que se encerraron en sus casas. Los que no os vieron reír fuera del café o discutir por una partida de cartas que perdisteis. Quizá ellos podrían hacer como si nada.

»La pregunta correcta es: ¿cuándo? ¿Cuándo se deja de ser desconocidos? ¿Tras un paseo? ¿Tras una partida de cartas? ¿Tras haber reído juntos? ¿Cuándo?

El padre Arrigo mira el reloj y se ríe.

—Para una vez que vienes a verme, te echo un sermón —se disculpa y ríe de nuevo.

Le doy las gracias y le prometo que volveré.

—Pero ahora tengo que irme —digo—. Hay que descargar.

No es una excusa, pero el hecho de que yo lo afirme es sospechoso.

—Dile a Josko que más tarde iré a echaros una mano —se despide.

Dos de los nuestros han vuelto a Villa Emma y se han llevado sacos de harina en una carretilla. Por eso hay que descargar. No hace mucho que hemos segado, nos ha ayudado Leonardi, y el trigo sigue allí. Por el camino se han cruzado con unos soldados y han pasado un apuro. Los soldados han estado a punto de pararlos, o eso les ha parecido, porque uno ha levantado la mano. Los chicos iban a detenerse, pero luego se han dado cuenta de que dos chicas llegaban por la acera de enfrente en sentido contrario. Los soldados las saludaban a ellas. Las chicas han seguido su camino. A los nuestros por poco les da algo.

Las monjas nos enseñan a amasar con la harina. Mirándolas parece fácil, porque sus gestos son automáticos y precisos. El resultado es seguro. Luego, cuando nos toca a nosotros, se vuelve complicado. Pero entonces la harina fermenta y asistimos al origen del milagro. Entiendo el porqué del pan, de la creación que conlleva.

Por la mañana, Jakov hace las entregas. Llega hasta la casa más lejana para dejar el fruto de nuestro trabajo. Tiene el pelo negro y la tez morena, podría pasar por alguien de aquí. Sabe silbar una canción italiana y si las cosas se ponen feas incluso es capaz de cantar: «*Vieni c'è una strada nel bosco, il suo nome conosco, vuoi conoscerlo tu…*». Tiene la voz bonita. Parece una voz italiana.

Esperamos a saber qué hacer. Por ahora nos las hemos arreglado así, entre el seminario, el pueblo y el campo que lo rodea. Estamos separados, pero cerca.

Al principio el seminario me parecía el sitio más seguro. Luego nos hemos dado cuenta de que desde el patio se ven las ventanas del ayuntamiento. Y si nosotros vemos las ventanas, desde las ventanas nos ven a nosotros. No hace falta ser un genio para entenderlo. En una reconocemos el perfil de un oficial alemán. Permanece allí quieto y nos mira.

Antes de que sospeche, el padre Arrigo le da un hábito a Josko, porque es demasiado mayor para ser un seminarista. Le tomamos el pelo y lo llamamos «padre Josef». No se lo toma a mal. Nos sigue la corriente.

—Es cómodo —dice—. No me lo esperaba de una sotana.

Nos buscan, ahora lo sabemos con seguridad.

Al pueblo llegó también un escuadrón de las SS. Preguntaron por nosotros. Nadie dijo nada, todo el mundo mantuvo la boca cerrada; de lo contrario, no se habrían marchado. Pero volverán, de eso estamos seguros.

Con las SS llegaron noticias. Fueron noticias de hielo y fuego.

El hielo baja de Alemania.

Schoky no se lo comentó a los demás, solo a Boris, Josko y Helene. Los vi entrar en la habitación de las decisiones, en el piso de arriba. Se sentaron. Cuando Schoky habló, los demás palidecieron. Los vi. Boris se sentó y se sujetó la cabeza entre las manos. Josko y Helene se abrazaron y lloraron. No solo Helene, también Josko.

Oí algunas palabras. Masacre. Exterminio. No recuerdo nada más. Si lo hubo, lo he borrado de la memoria.

La noticia de fuego viene, en cambio, de Bolonia.

Han bombardeado la ciudad. Leo y otros más tenían curiosidad y fueron a ver, en bicicleta. Volvieron jadeando, pero no por la carrera.

—Lo estamos haciendo todo mal —dijo Leo—. Si nos quedamos quietos, el peligro aumenta. Si no nos descubren las SS, nos bombardearán los otros.

—Además, está la fábrica de latas —añadió Kurt—. Podría ser un objetivo. Ahí dentro va a parar la comida para los soldados, ¿sabéis?

Las bombas llegarán, lo damos por seguro. Algunos quieren marcharse, sobre todo los adultos. Dicen que acabar en una trampa para ratones es de idiotas.

Josko querría detenerlos, pero sabe que ya no es posible. Estamos cerca, pero al mismo tiempo lejos. Organizados, pero dispersos. Sobre todo los que viven en el campo. Esta vez no podrá convencerlos a todos. Ni siquiera se puede recurrir a la asamblea. Demasiado peligroso.

Así que alguno lo hace. Va al encuentro de los americanos, hacia el sur. Otros toman la dirección opuesta, hacia Suiza. De fijo hay quien se ha ido a Florencia en bicicleta.

Nos hemos dispersado, pero seguimos organizados. Los que toman la decisión de partir no logran hacerlo sin hallar un motivo. Yo estaba presente cuando Leo vino a exponer los suyos. Josko lo intentó, trató de disuadirlo hasta el final. Luego, Leo salió y Josko se quedó mirando fijamente la puerta cerrada. Cada adiós es una herida, cada marcha un corte. Una parte de nosotros que desaparece.

La situación se le está yendo de las manos, esa es la verdad. La verdad es que nadie puede prever qué pasará mañana. Ni hoy mismo. Ni siquiera Josko. Lo que él sí puede hacer, lo que nadie más puede hacer, es seguir cuidando a los más pequeños. Eso sí. ¿Quién sino él?

A los pocos días llega otra noticia. La peor. La noticia que enfurece al padre Arrigo y a más gente: tenemos que irnos, lo ha dicho el arzobispo. Deduzco de los comentarios del padre Arrigo y de Pelati que el arzobispo es el que manda. Es su superior. Han hecho todo lo posible para mantenerlo ajeno a nuestra presencia, pero los secretos acaban saliendo a la luz, sobre todo en estos tiempos. Ahora que en Módena se han enterado de la verdad, todos van contra Pelati. Ha ayudado a los judíos. Ha puesto en peligro la abadía. Ahora esperan que actúe. Que nos eche.

Monseñor Pelati permanece impasible, no cesa de buscar una solución. El padre Arrigo está sentado. Tiene los codos apoyados en las rodillas y contiene la rabia de un santo furibundo.

—¿Ustedes creen que hay una solución? —pregunta Josko.

—Ya sabe cómo funciona, es él quien decide por nosotros. Es nuestro superior. Tiene miedo a los alemanes. Teme por el seminario... No podemos reprochárselo —responde Pelati abriendo los brazos.

Antes de que Josko pueda decir «lo comprendo», Pelati mira al padre Arrigo, que a su vez tiene la mirada fija en el suelo.

—Pero somos cristianos —añade—, estamos obligados a la caridad. ¿A que sí, padre Arrigo? El arzobispo no nos ha impuesto un plazo. Ha dicho «echadlos», pero no ha dicho cuándo. A mí no, al menos. ¿Y a usted, padre Arrigo? ¿A usted le ha mencionado una fecha concreta?

El padre Arrigo levanta la cabeza. Niega y sonríe.

—Pues hasta la fecha que nadie ha establecido podéis quedaros. Luego ya veremos qué hacer. Entretanto, busquemos una solución, ¿eh? En cualquier caso, necesitamos una. No podéis seguir aquí por mucho tiempo, porque tarde o temprano descubrirán dónde os escondéis.

El padre Arrigo parece haberse tranquilizado. Estaba dispuesto a actuar por su cuenta, pero la idea del padre Pelati le gusta. Ganar tiempo para pensar, organizarse. Sí, es la mejor opción.

10

Cicibù tiene un plan para huir, pero a Josko no le convence. Discuten y no se ponen de acuerdo.

El plan es el siguiente: cogemos el tren en Módena, llegamos a Varese y de allí subimos hasta un sitio que se llama Ponte Tresa. Está en la frontera. Solo un río lo separa de Suiza. Sí, un río poco caudaloso. Se puede cruzar sin peligro.

—Conozco un poco la zona —dice el pacífico Pacifici.

—¿Y los niños? Es arriesgado, tú mismo lo sabes. Además, somos muchos. Somos demasiados —responde Josko.

Pero Cicibù ya ha pensado en eso.

—Nos separamos en grupos mixtos de niños y adultos. Grupos poco numerosos en los que los adultos vigilan a los niños. Es nuestra única salida. Yo voy el primero, voy y vuelvo, trato de tantear el terreno. Mañana por la mañana estaré de vuelta con noticias y lo hablamos después de que lo haya visto. Es inútil que lo negociemos ahora.

Cicibù está decidido.

—De acuerdo —acepta Josko—. Eso sí, vamos juntos.

No es que lo haya convencido, pero nunca le dejaría asumir solo todo el peligro. Josko es de la opinión de que quizá la mejor opción es la que han tomado los que han ido hacia el sur. Hacia los estadounidenses. Hay guerra, sí, y con niños no sería fácil, pero de todos modos el frente está cada vez más cerca. Además, ya se ocuparán de eso los americanos. Fin de las preocupaciones.

No está convencido, pero nunca permitiría que Cicibù fuera solo. Parten sin más, sin maleta; ninguno de los dos lleva. Los acompañamos a la estación de Módena con el automóvil del doctor. El tren va lleno y antes de subir hay que abrirse paso entre la multitud. Hay soldados, controlan los documentos. Ahora que disponemos de ellos todo está en orden, pero impresiona ver cómo se acercan con los perros sujetos por la correa. Cuando casi han llegado a nuestra altura, unos gritos nos llaman la atención. A bordo del tren hay otra patrulla. Dos soldados bajan a cuatro personas a empujones. Entre ellos hay un chico joven, con el pelo corto y pinta de culpable. Un desertor, lo lleva escrito en la frente. Unos cuantos soldados con un perro lo rodean. Las otras tres personas suben de nuevo al tren a tirones. El chico no, al chico lo registran. A pesar de que no opone resistencia, lo zarandean. Una mujer se asoma por una de las ventanillas. Grita.

—Dejadlo en paz. Dejad en paz a mi hijo. Solo tiene dieciséis años, ¿qué queréis de él? ¿Eh? ¿Qué queréis?

Los soldados se miran con sorpresa. El chico parece aún más sorprendido.

Otros pasajeros intervienen para gritar que sí, que la señora ha subido en Bolonia con su hijo y que se equivocan.

—Se nota que no tiene edad para ir a la guerra.

—Dieciséis años, Dios mío, pero ¿cómo se os ocurre?

Tienen acentos diferentes al de aquí, de Módena; hacen gestos teatrales y no se rinden. Los militares están confundidos, quizá no entienden el italiano, pero seguro que notan que la tensión va en aumento. No son pocos y llevan perros, pero ahora tienen a todo el vagón en contra. El chico, además, parece muy joven. Dudan. Luego lo dejan libre y del tren arranca un aplauso. El chico corre adentro, hacia la mujer. Pasa por su lado, pero se detiene y vuelve atrás. Dos pasos solamente. Le dice algo que queda entre ellos, no se oye por la ventanilla. La mujer sonríe y le aprieta una mano, le da ánimos, al menos eso parece querer decir con su gesto. Él la abraza y sigue su camino.

«Os confío a Josko y a Cicibù —pienso—. Cuidad también de ellos».

Pasan fuera un día entero y una noche y cuando regresan tienen mala cara, se les nota que no han dormido. Las noticias son buenas, pero me parece que Josko aún no está convencido. Duda, lo noto porque es Cicibù quien cuenta lo que vieron. Hay un paso para cruzar la frontera, parece seguro, e incluso han encontrado un guía. Acerca del guía tienen opiniones diferentes, como, por otra parte, acerca de todo lo demás.

—Es un guía experto —dice Cicibù—. Va y viene todos los días.

—Estaba borracho —opina Josko.

A pesar del riesgo, nos reunimos en la villa los del seminario y los de las casas. Discutimos y planificamos. Falta poco, la huida está al caer.

—Grupos de diez, salidas escalonadas. Los más mayores ayudan a los pequeños. Nadie debe darse cuenta de que vamos juntos. Los documentos de identidad tienen que estar a mano. Usaremos estos —explica Josko.

Muestra los que llevan nuestros verdaderos nombres, los otros nos harían correr un peligro inútil.

—Enseñadlos de lejos. No los saquéis con antelación. Además, la actitud debe ser distante, lo que ocurre a nuestro alrededor no nos concierne, no nos atañe. Somos viajeros cualesquiera; así pues, gente tranquila. Evitemos hablar en italiano. Es más, evitemos hablar y punto. Debemos parecer transparentes. Y distraídos, sobre todo distraídos.

Tengo un nudo en el estómago, un ligero mareo. Sube del estómago y llega hasta debajo de la nariz. Los demás dicen que sí con la cabeza, como en las clases de hebreo de Josko. Él da lo mejor de sí mismo, como siempre, porque el de maestro puede ser el más heroico de los oficios o el más vil, y este es el momento de demostrarlo. Sin embargo, no está convencido. No entiendo por qué, pero no lo está.

Los primeros diez se van con Cicibù. Los despedimos con medio abrazo, decimos, porque el otro medio es para cuando nos reunamos de nuevo al otro lado de la frontera. En Suiza. Al cabo de dos días se marcha el segundo grupo. Yo me encuentro entre ellos.

La víspera de la salida nadie duerme. Herbert pregunta:

—¿Cómo creéis que será allá arriba?

Un abanico de hipótesis, todas bonitas, todas por vivir.

A la mañana siguiente me arrepiento de no haber dormido. Oigo un zumbido y los ojos se me cierran.

Boris es nuestro guía. Hace un gesto, indica qué dirección

tomar, y no puedo evitar mirarle las manos. Sus manos no son las adecuadas. No hacen gestos tajantes. Se mueven en el aire, dibujan curvas.

Josko viene con nosotros, pero solo hasta Milán. Nos acompaña para asegurarse de que todo vaya bien. Volverá atrás con el primer tren para recoger a los del tercer grupo. A la frontera llegaremos solos con Boris. Luego, al otro lado, en Suiza, nos reuniremos con Cicibù y los demás. Ese es el plan.

Llegamos a Milán, pero con retraso, con mucho retraso, y no tenemos un sitio donde dormir. No estaba previsto.

Propongo que nos quedemos aquí, en la estación.

—No conocemos la ciudad —digo—. No tiene sentido buscar algo mejor.

Boris me señala las patrullas.

—Comprueban la documentación —indica—. Las estaciones no son un buen sitio para esconderse. Al menos no para nosotros. Los niños y los jóvenes no pasan inadvertidos.

Además, las bombas han derrumbado el techo; llueve dentro y hace frío.

—No, hay que buscar una solución mejor.

Bajamos a los aseos públicos. A esta hora no hay gente. Nadie nos buscará aquí. Entramos. Nos acomodamos de dos en dos en cada aseo, uno al lado de otro. Al cansancio de la jornada se añade la falta de sueño de la noche anterior. Cierro los ojos, los nervios se relajan, los brazos y las piernas se abandonan.

Sueño con cuerpos en putrefacción, con aguas negras vertiéndose por las escaleras. Son las escaleras de mi casa, en Berlín. Es diferente, no tiene nada que ver con mi verdadera casa, pero sé que es la de Berlín. Los cuerpos, en cambio, no sé de quiénes son, ya no tienen rostro, pero abren y cierran la boca. Entonan nuestra oración fúnebre. Tratan de hacerlo, pero luego se paran, porque recitar el *kadish* para sí mismos no tiene sentido. Para uno mismo se muere y punto.

Me despierto cuando Josko llama a la puerta. Nos reúne en cuanto salimos de los baños y nos asegura que ya casi lo hemos conseguido. Que ahora solo debemos tener cuidado.

—No perdáis la concentración. Seguid las instrucciones.

Nos las repite antes de irse y se despide. Nos abraza uno por uno. Coge el tren hacia Módena. Él seguirá yendo y viniendo. Cuando traiga al tercer grupo, ya seremos treinta. Poco a poco nos sacará a todos.

—Todo irá bien —dice Boris.

Calculo mentalmente. Debo tener en cuenta que serán grupos de diez y la frecuencia con que pasan los trenes para saber cuánto tiempo emplearemos. Si estamos decididos, debemos darnos prisa. La decisión correcta, por si sola, no es suficiente.

Me alejo, busco el tablón de horarios de los trenes. Preguntar es demasiado peligroso. Doblo la esquina; no advierto a Boris porque me lo impediría, no estaría de acuerdo. Total, tenemos que esperar a que salga el tren y no tengo la intención de alejarme demasiado. Justo a la vuelta de la esquina intento entender…

Pero no entiendo. No doy crédito a lo que ven mis ojos: Cicibù y su grupo, como si nunca se hubieran marchado. Se arrastran. Él está derrotado. Ya no es un hombre, es otra cosa. Le hago señales, llamo su atención. Me pregunta dónde están los demás.

—¿Qué ha pasado?

—¿Dónde están los demás? —repite, y lo acompaño.

—No nos quieren —le explica a Boris, aunque en realidad habla para sí mismo—. Los suizos no nos dejan pasar. Dicen que las cosas no funcionan así, que hay que respetar el procedimiento. El procedimiento, ¿entiendes? Ellos viven en Suiza y hablan de procedimientos.

Suelta algunas palabras que no repetiré y Boris lo abraza. Es la primera vez que lo veo abrazando a alguien. Cicibù trata de llorar, pero Boris lo aprieta más fuerte.

—Ahora no —dice, y Cicibù se recupera.

Subimos al tren de vuelta a Módena y de allí a Nonantola. Siempre separados, en grupos de diez, como cuando nos marchamos. Esta vez las instrucciones no son necesarias. Estamos callados, distraídos, miramos por la ventanilla. Nadie habla, porque todos miran a otra parte. Dentro de sí.

Dentro hay un hilo roto, por eso cada uno está a lo suyo. No hay nada que podamos ofrecer a los demás, nada que podamos atar. Es así. Han ganado ellos. Los camisas pardas. Vendrán a buscarnos. Lo único que podemos hacer es esperar a que todo acabe.

Parece una premonición, el sueño también lo era.

En la villa seguimos en silencio. Nadie habla, ni siquiera a la mesa, ni siquiera luego. Herbert está sentado en un rincón. Tiene un libro en la mano, pero mira por la ventana, a la nada. Kuki está fuera con Hans. Se apoyan en la pared, tampoco hablan.

El único movimiento que veo a mi alrededor lo hace Fritz. Se atusa el pelo, pero es un gesto automático, una manera como otra de estar ausente. Benno, el niño, también está quieto, esperando. Me duele verlo así y busco otro sitio donde estar, pero pongo atención en evitar a Sonja. No quiero encontrarme con ella.

Sonja debería haberse marchado con el tercer grupo. Me imagino la noche insomne y luego la noticia: es inútil emprender el viaje, todo ha acabado. Lo único que podemos hacer es esperar.

Quiero evitarla porque sus palabras aún resuenan en mi interior: vendrán a buscarnos y se nos llevarán. Y no tengo palabras mías, solo estas. Las suyas.

Yo trato de esquivarla, pero es ella la que viene hacia mí.

—¿Cómo estás? —pregunta.

—Regular.

—Lo lamento mucho —dice—. No debe de haber sido fácil. Llegar hasta allí para luego volver atrás. No es fácil encajar una desilusión.

—No, no lo es para nadie —respondo.

Estoy a punto de preguntarle cómo está ella. «¿Y tú cómo estás?», voy a decirle, pero Sonja se me anticipa de nuevo.

—Ven, te muestro una cosa.

No lo dice de la manera habitual. Ella está aquí, ahora. A mi lado, no en su mundo oscuro. La sigo.

La cosa es Agnes. Está tumbada en el suelo, descalza, con los pies levantados apoyados en la pared.

—Pero ¿qué hace?

—Pregúntaselo.

Se lo pregunto y me responde que las piernas se vuelven más bonitas poniéndolas en alto.

Nada nuevo, la Agnes de siempre, pero Sonja se encoge de hombros y abre los brazos como diciendo: «Estas tenemos». Como diciendo: «Tú no te das cuenta, pero todo ha cambiado. Todo es excepcional ahora que acaba». Ella también se sienta en el suelo y adopta la misma postura. Es la Agnes de siempre, no la Sonja de siempre. Sonja no bromea, no se ríe, pero siente curiosidad por la frivolidad de Agnes. Quiere saber qué se perderá cuando vengan a buscarnos.

Si hay palabras que Sonja no conoce, son las de Agnes: «horquilla», «rayón», «fular», «cuña». Sonja no se pellizca las mejillas, no se muerde los labios para ponérselos rojos. El pelo de Sonja cae de manera natural, sin tirabuzones.

Si hay palabras que yo no conozco, son las que hablan de mí. No sé utilizarlas, nunca lo he hecho. Nunca le he hablado a nadie de mi padre, de mi madre, de Sami. Ni siquiera del tío Hermann, que ya no responde a mis cartas. Todo es diferente, todo es excepcional, pero no para mí.

Agnes me ahuyenta con un gesto de la mano.

—Con los chicos no funciona —dice, y mientras me alejo hallo de nuevo el silencio.

Sus voces son las únicas en toda la villa. «Agnes, es una suerte que estés aquí, ahora».

Voy en busca de Josko. Lo encuentro en el archivo, dando vueltas por la habitación vacía. Comprueba que no se le haya escapado nada. O bien reflexiona sobre lo hecho. Quizá se despide. Aquí hay personas a las que salvó. Personas que nunca conocerá.

—Échame una mano —me pide.

Juntos desplazamos un baúl. Quiere comprobar que no haya caído nada detrás. No hay nada, lo ponemos donde estaba. Me siento encima. El archivo se vuelve oscuro, quizá Josko ha cerrado las persianas detrás de mí.

—Han cogido a mi madre —digo—. Se llamaba Mira. Fingía que se peleaba con mi padre, pero no era verdad. Mi padre y mi madre solo podían estar juntos. Mi abuela decía que eran tal para cual. Mi abuela murió cuando yo era un niño, antes de todo esto. Mi abuelo también. Los ojos de ambos se cerraron hace tiempo. Mi hermano Sami, en cambio, no conoce otra cosa. Tres años de desesperación, miedo y nada más. Se había quedado con ella, con mi madre. Los cogieron a los dos. Cuando se llevaron a mi padre, yo estaba presente. Grité y él me oyó. Debió oírme a la fuerza. Mi madre y mi hermano, en cambio, se fueron solos. Nadie los oyó gritar. Nadie gritó sus nombres. ¿Te imaginas qué significa eso? ¿Marcharse en silencio? Mi tío Hermann es un santo y los santos ni siquiera piensan en salvarse. Ya sabes cómo son, los santos están distraídos. Mi tío Hermann se dejó atrapar, estoy seguro. Te habría gustado, ¿sabes? Te habría gustado hablar con él. Ahora ya no tengo a nadie. Estoy vacío por dentro. Tengo miedo, Josko. Tengo miedo de que cuando lleguen no sepa odiarlos lo suficiente. Por lo que le hicieron a mi padre, a mi madre, al tío Hermann, a Sami. Y por haberme robado el tiempo para convertirme en maestro. Un maestro como tú. El grano de arena que atranca el engranaje.

Josko se ha sentado a mi lado. O, mejor dicho, se ha derrumbado. Me pasa un brazo sobre los hombros.

—Nos tienes a nosotros, Natan —dice—. Siempre estaremos para ti. Empezaremos de nuevo, juntos. Por eso vamos a Eretz Israel. Por eso no nos rendimos. Hemos conocido el mal, ahora ya basta. Ahora les toca a los demás.

Son palabras sencillas, pero excavan un túnel en mi vacío y le ponen algo dentro. No sé qué es, nunca he pedido ayuda antes de ahora. Podría nacer algo de este túnel lleno.

Schoky llega corriendo, veo sus ojos atemorizados y me doy cuenta de que el archivo nunca ha estado a oscuras. De las ventanas se filtra una luz morada.

—Traigo noticias. De Módena. Se están preparando. Dentro de un par de días estarán aquí. Tres como mucho. Hay que hacer algo, Josko. Debemos hacer algo.

—¿Quién ha dicho eso? ¿Es una información fiable? —pregunta.

—Sí. Un intérprete del mando, uno que ya nos ha dado información. Es cierto.

Josko no me suelta los hombros, me acerca a él, se pone de pie y me arrastra.

Vamos abajo, también está el padre Arrigo; ha recibido la misma información, por lo que es difícil que se trate de un error. La única diferencia es que en su versión no son dos días, sino alguno más. En cualquier caso, pocos para encontrar una solución que nadie vislumbra. Es demasiado tarde para ir al sur, la guerra avanza y ya no sabemos dónde está el frente. No tenemos indicaciones ni guías. Somos demasiados para arriesgarnos.

Volver a Suiza es inútil, ya lo hemos intentado. Aunque lográramos cruzar la frontera, nos enviarían de nuevo atrás. No hay escapatoria en otras direcciones. Estamos rodeados por el mar. Un mar negro.

El padre Arrigo va y viene. Está con Cicibù. Se llevan a Josko, hablan en voz baja.

Se comportan así porque tienen miedo, no hay otra explicación. O puede que no. Quizá han encontrado un nuevo camino y quieren estar seguros antes de decírnoslo. O esto es el fin o hay una salida. No puede ser de otro modo.

Schoky se les acerca. Lo oigo murmurar:

—Pero ¿cómo hacemos con los niños?

No sabe que estoy cerca, no me ve, y entiendo que hay una solución, pero que los niños son un obstáculo. Apenas es un susurro lo que sale de la boca de Schoky. Sin embargo, es suficiente para anular la distancia entre nuestros verdugos y yo. El hilo se rompe de nuevo.

Me digo que si quisiera salvarme podría lograrlo si estuviera solo. Podría dejarlos a todos aquí y marcharme. Otros lo hicieron. El problema son los niños. Yo no soy un niño.

Me dirigiría al sur a través de las montañas. Los bosques me protegerían. Sé encender un fuego, sé hacer una tienda con una manta. Y además corro. Una vez que llegue a la línea del frente, podría apretar los dientes y correr sin pensar en nada. Ni siquiera en Josko, en Boris o en los niños.

Solo porque es así como funciona: cuando se corre, se corre solo. Y si vas acompañado, no te giras para ver quién se queda atrás. Que alguien se quede atrás te da ventaja, porque distrae a las fieras. Ellas se detienen a devorarlo y tú sigues corriendo; corres y te alejas. Cuantos más caen, más a salvo estás.

El doctor llamando a la puerta de la villa me saca de mi ensimismamiento. Veo de nuevo a mis compañeros. Ahora que el doctor ha llegado, están pendientes de sus palabras.

Hay una posibilidad, dice, tiene nuevos contactos que preparan el terreno.

—¿Qué contactos? —pregunta Herbert.

—Suizos.

—¿Cómo que suizos? Ya tratamos de cruzar por ahí. Nos devolvieron aquí.

—Tenemos nuevos contactos —corrobora Cicibù—. Esta vez funcionará.

No sé si está seguro de lo que dice, pero creo que sí. Al menos lo espero. Son los detalles los que extinguen el miedo: Cicibù mira a Josko y él asiente con la cabeza.

—Mi hermano ha dado con la información que nos faltaba. Trabajó en la frontera y sabe cómo funciona. Sabe más que nosotros. Contactos, en definitiva. Pero esta vez no tenemos tiempo que perder. Tendremos que desplazarnos todos a la vez. Y pronto —explica.

Entonces pienso que me equivocaba. Que uno nunca corre solo. Solas se mueven las piernas. Solo uno se desplaza de un sitio a otro, de una línea de salida a otra de llegada. Pero son la cabeza y el corazón juntos los que te indican adónde ir.

No se equivocaron quienes se marcharon, porque quizá tenían un pariente o un amigo con el que reunirse. En cambio, todo lo yo tengo está aquí.

Si aún tengo cabeza y corazón es gracias a quienes me rodean.

—¿Y los niños? —pregunto.

Las palabras de Schoky aún resuenan en mis oídos.

—¿Cómo haremos para desplazarlos a todos a la vez? Somos demasiados, llamaremos la atención.

—Sí, llamaréis la atención —dice el padre Arrigo—. Precisamente por eso saldrá bien.

Esa es la actitud del padre Arrigo: unas salidas que te dejan de piedra. Es su manera coja de llevarte adonde quiere.

—Fingiréis que sois una excursión escolar. O bien un orfanato. Sí, mejor un orfanato. Los niños irán de uniforme, todos vestidos iguales. Los adultos serán sus acompañantes. Os desplazareis todos juntos, huérfanos y acompañantes. Bien a la vista. Nadie presta atención a un grupo de niños de excursión, ¿no?

No es una pregunta real. No seré yo quien ponga pegas, quien siembre el miedo. Sonja y Agnes me miran fijamente y solo ahora noto su presencia. Están sentadas cerca de mí y tratan de entender. Asiento con la cabeza. Estoy seguro de que todo irá bien. Que quede claro.

—Pero no tenemos uniformes —objeta Herbert.

—Las modistas ya los están confeccionando y pronto acabarán. Entretanto, preparaos —dice el cura, que no se deja pillar por sorpresa.

No sé de quién es la idea. No sé de dónde ha salido exactamente. Siempre pasa lo mismo cuando van todos a una. Uno aporta una cosa, otro aporta otra y al final se obtiene una buena idea.

Algunos querrían seguir hablando, afinar los detalles…, pero no nos queda tiempo.

Hay que darse prisa. Incluso una buena idea puede equivaler a una condena si llega demasiado tarde.

Es verdad, las modistas ya están trabajando. Al principio son tres. Luego se ha corrido la voz de que trabajan para salvar la vida a los de la villa, para que puedan huir, y se añaden otras más. Todas las que tienen un poco de oficio. Y también las que no lo tienen y quieren ayudar. En total, unas diez más o menos. En casa de la modista no caben, pero deben trabajar allí para evitar las miradas indiscretas.

Schoky me manda a casa del cura, no me dice por qué, pero yo voy. El cura me indica dónde tengo que ir a buscar los carretes de hilo y dónde tengo que llevarlos.

—Pregúntales si necesitan algo más.

Me encamino.

Las modistas trabajan en dos habitaciones. Para pasar hay que pedir permiso.

Una me coge los carretes de las manos y llama a la más joven.

—Guárdalos, Isora.

Repito tres veces su nombre para no olvidarlo.

Antes de que me vaya, la mujer que me ha abierto la puerta afirma:

—Necesitamos otro par de tijeras. ¿Puedes decírselo al padre Arrigo? —Luego se para a pensar, como si no hubiera reparado en mí hasta entonces—. Pero ten cuidado, por favor.

Trabajan de día y de noche. Porque hacer cuarenta abrigos, cuarenta uniformes, todos iguales, es un trabajo de meses. Y no disponemos de ellos. Los meses son para los tiempos normales.

El padre Arrigo se encarga de suministrar la tela. Llega cargado de rollos. Son tantos que no caben en la casa.

—Ponedlos aquí —dice el marido de la modista.

Hace hueco en el dormitorio. Lleva la cómoda al pasillo y las mesitas al sótano.

Vuelvo con las tijeras. Y luego con los alfileres. Y hasta ahí llego, porque, como es peligroso que siempre vaya el mismo, Schoky se lo encarga a otro. Es una lástima. Entonces me busco un rincón y me quedo ahí.

—Me espero un poco antes de irme —digo.

En cambio, me quedo un rato largo. Las miro trabajar. Aprendo sus nombres, pero no es fácil. Hablan casi siempre en dialecto y sus nombres se deslizan entre palabras que no conozco. Me aprendo los de Cesarina, Dede (Adele, quizá),

Lauretta y Nera. Se los oigo repetir y los aprendo. Los demás los anoto en un folio que luego pierdo. Pido perdón, lo pierdo. Es demasiado grande este abrazo para contar todos los brazos.

La modista con más práctica dirige el trabajo, pero las demás con experiencia protestan.

—Esto no puede hacerse —dice una—. No se puede coser un abrigo sin tomar medidas, lo sabes tan bien como yo.

—Claro que lo sé, pero tampoco se puede ir y venir del seminario, porque sería como ir a contarles a los alemanes lo que estamos haciendo.

—Yo tengo la solución —interviene otra—. Nos hacemos prestar unos cuantos niños del pueblo y los usamos como maniquís. Niños con tallas diferentes, que tampoco es cuestión de que les queden como hechos a medida. Lo que cuenta es coserlos bien para que estén cómodos durante toda la excursión.

La palabra «excursión» le sale de la boca como si fuera la nota de una canción. Porque solo con mencionar la palabra «huida» ya se tiene la impresión de correr un peligro.

—Además, lo haremos a la usanza de Milán —comenta la modista más mayor—, que Lauretta trabajó allí y la aprendió. Se reparte el trabajo entre todas y se va más deprisa.

La tela la corta ella, porque cortar es complicado y hay que tener experiencia para no desperdiciarla. Dos de las que saben lo que se hacen cosen a máquina. Otra plancha y otra confecciona los cinturones. Cuarenta. Y los bolsillos. Ochenta. Otra se ocupa de los ojales. A Isora le tocan las puntadas ocultas, que son más fáciles, pero te pinchas los dedos si no prestas atención.

Duermen poco, aunque eso no les impide charlar. Las charlas acaban, porque no todos los días del calendario son iguales. Los primeros son días de confianza, luego se dan cuenta de que las horas no dan más de sí y los dedos se entumecen antes. Entonces dejan de hablar, no vaya a ser que tanto parloteo les robe tiempo. De la comida se ocupa el marido de la modista, que tiene una *trattoria*. Va y viene. Les trae un plato cubierto por una servilleta de cuadros rojos y amarillos. Ñoquis fritos. Comen sin sentarse a la mesa. Están riquísimos y les cuesta moderarse.

Las dos mercerías del pueblo envían los forros y los botones. Todo gratis. No les da tiempo a decir que es un milagro cuando llega más forro. Y, en efecto, el forro es suficiente, pero no los botones. Salta a la vista. Cinco botones por abrigo y son cuarenta abrigos. Doscientos botones. Y doscientos iguales no se encuentran. No solo en Nonantola, tampoco en Módena. Había que habérselo imaginado.

Tampoco se puede ir marcha atrás, porque los ojales ya están hechos. Entonces vacían los cajones, pasan por las casas y los que tienen botones echan a la cesta los más parecidos. Es lo que hay.

—No pasa nada, para darse cuenta de que los botones no son iguales habría que mirar con detenimiento a los niños.

No pasa nada, pero la verdad es que, si se ponen a mirar a los niños con atención, se lía.

Cuando llevan hechos treinta y ocho, tienen que parar. Los cuentan: treinta y ocho abrigos y dos mangas. La tela se ha acabado. Llaman al padre Arrigo, pero no hay más tela. No hay en ninguna parte. Va al seminario, a la villa, a las mercerías. No encuentra nada. El cansancio se apodera de las modistas de golpe. Sube de los pies descalzos por todo el cuerpo.

Apoyan los codos en la mesa y se sujetan la cabeza, que pesa y ya no se aguanta por sí sola.

Hay una que no deja de caminar por la sala. Una que no se rinde. Y se le ocurre una idea.

—¿Cómo se llama el marido de Maria? —pregunta.

Todas fueron a su boda.

—Pobre chica, casarse en octubre por culpa de la guerra. Además, ¿se sabe si el marido ha vuelto?

—Pero ¿qué tiene que ver?

—Pues que el marido de Maria llevaba un abrigo más o menos de ese color. Creo que en la boda. O quizá cuando se fue.

—Es verdad. Yo también lo recuerdo. Ánimo, voy a preguntárselo y esta noche acabamos.

—Se llama Aristide.

—Sí, Aristide. Hombros anchos, bien plantado. De su abrigo salen dos de niño, con mangas y todo.

—A las malas las hacemos de punto.

—Ánimo, que lo resolvemos como sea.

Cuando las modistas llegan a la villa, ponen la pila de abrigos sobre la mesa.

—Aquí los tenéis —dice una de ellas—. Están todos.

Josko junta las manos delante de la boca. Como va vestido de cura, parece que reza.

—Esperamos que os den buena suerte —desea otra.

Es la primera de la fila. No es la más experta, pero sí la que muestra más iniciativa. Se pone en el centro, invoca la buena suerte y dispone el trabajo sobre la mesa y las sillas.

Las demás la ayudan. Son alegres y ruidosas, hasta que una se da cuenta de que falta un botón, otro botón, y se hace el silencio.

Vuelven a empezar, los repasan uno por uno. No falta nada más, dicen. Solo este.

—No pasa nada —afirma Agnes—. ¿Quién va a darse cuenta?

Nadie se dará cuenta, es verdad, pero la chica con más iniciativa piensa que es mejor no tentar a la suerte. A la suerte no hay que desafiarla. Además, ¿por qué?, ¿por un botón?

A la chica se le ilumina la cara. Abre una de las bolsas grises donde han transportado los abrigos y saca su costurero. Lo ha traído por si acaso. Aún queda un botón oscuro en el pueblo. Uno solo. Y es el que le sujeta la falda. Para no quedarse en bragas delante de todos se sienta en una silla y se lo arranca. Es más grande que los demás, pero es negro y sencillo. Puede que desentone, puede que no.

—Pero al menos no falta ni uno —dice.

Otra chica coge el botón y lo cose en el abriguito.

«También hay santidad en pasar la hebra por el ojo de la aguja», pienso.

—Ya está —suelta al acabar.

La de la falda sin botón se pone de pie y una compañera le sujeta la falda de lado. Tratan de poner un imperdible, pero no aguanta. Más vale agarrarla con dos dedos que montar un numerito cómico con el trasero al aire.

En realidad, nadie se reiría. Si ocurriera y la falda le resbalara hasta los tobillos, todo el mundo se distraería precisamente en ese instante. Dirían, por ejemplo, que se había posado en el alféizar de la ventana el mirlo más negro y brillante que habían visto en su vida y que todos se habían quedado encantados mirándolo.

—¿Cómo podremos agradecéroslo? —dice Josko.

Pero más que una pregunta es la expresión de una emoción.

—No olvidéis que nosotras también estábamos aquí. Con eso tenemos bastante —afirma una chica que hasta este momento se ha mantenido apartada.

Las demás asienten con la cabeza, lo aprueban. Convencidas. Sabían que ella encontraría las palabras adecuadas y lo ha hecho. Ahora que lo han escuchado, las demás modistas comprenden completamente por qué han trabajado tanto. Por eso. Porque ellas no tienen nada que ver con el noticiario que proyectan en las salas de cine.

Llegan el padre Arrigo y Moreali. Vienen a despedirse.

—Ya está todo listo —dice el cura.

—Sí —responde Josko—. Todo listo.

—Portaos bien allá donde vayáis —les pide el doctor, sonriendo—. Confío en vosotros —bromea.

El cura también sonríe, pero dicho así suena como una advertencia.

Las modistas, que estaban a punto de irse, se quedan. Es una despedida sin fin.

—Bien, pues nos vamos —dice una, pero no se va, porque su amiga abraza a uno de los niños.

—Incluso nos hemos divertido trabajando —afirma otra con una voz que de alegre no tiene nada; todo lo contrario, es triste.

El padre Arrigo y el doctor se marchan. Despedirse de

ellos es doloroso. Boris se sienta al piano, es su manera de decir adiós a Villa Emma.

La guerra ha acabado para nosotros. Ya estamos en Suiza, felices. Eso es lo que dice la música de Boris. Y la música de Boris no miente.

Solo Sonja se mantiene apartada. La música no la toca.

Me acerco a ella. Me sonríe, lo intenta, pero es una sonrisa incierta.

Me gustaría preguntarle: «¿Sabes si alguien más ha tenido sexo mientras estábamos aquí?». Sin más, para echarnos unas risas y retomar una conversación que no entendí del todo. O quizá debería preguntarle por las piernas: «¿Ha funcionado el ejercicio de Agnes?». O incluso afirmarlo: «Ah, creo que el ejercicio de Agnes ha funcionado».

Pero tiene la mirada apagada, que me pasa a través y vaga por la villa. Falta poco para que la abandonemos, pero no estamos listos. A pesar de los preparativos, a pesar de los esfuerzos de Josko. Estamos a punto de ir a un sitio donde todos son como nosotros, pero en el que no hay nadie para nosotros. Sí, así es, quizá.

—¿Quieres que te traiga un vaso de agua? —pregunto.

—No, estoy bien, eres muy amable—responde.

11

Emprendemos el viaje bien entrada la tarde. Los niños van en filas de dos. Camino a su lado, a mitad de la fila. Otros adultos la cierran y se aseguran de que todo esté en orden. Ahora ya no caben ni dudas ni preocupaciones. Nos vamos. Sí. Esta vez lo conseguiremos.

Las ventanas están cerradas a lo largo de la calle, aunque no del todo. Desfilamos. Y cuando pasa un desfile la calle ya no es la misma.

Algunos nos miran por detrás de las persianas entornadas y nos saludan tímidamente con la mano.

Otros quieren que los veamos y abren las ventanas de par en par. No tienen miedo y quieren que se sepa.

Hay una madre con su hijo en brazos. Llama a otro niño más mayor y dice:

—Vamos, ven. Ven a despedirte, que se van.

El niño se sube a una silla y se apoya en el alféizar para ver marcharse a los judíos. Saluda y da palmas. Abajo algunos miran hacia arriba para ver quién aplaude y la fila se inclina.

Hay un hombre en camiseta. Lleva un sombrero y no se ha afeitado. Fuma y sonríe satisfecho. Esta vez es uno de los nuestros quien saluda y él le devuelve el gesto. Lo llama por su nombre. Quién sabe de qué, por qué, pero se conocen.

Hay una ventana que permanece cerrada, una sola. Detrás no hay nadie. La casa lleva años vacía.

Está Alberto con sus amigos y su chica. Todos juntos, en fila. Saludan y forman un muro. Parecen decir: «Vamos, pasad, rápido, que nadie os vea».

Un hombre anciano nos espera en el umbral de su casa; me da un hatillo con pan y queso. Todos los niños tienen algo de comer, las monjas se han ocupado de eso. Yo me he olvidado la comida sobre la mesa y lo que me ofrece este hombre me viene que ni pintado. Le doy las gracias. Me responde algo en dialecto que no entiendo. Es como en Berlín, cuando dejé a mi madre: camino y rumio palabras extranjeras.

Me voy acompañado por la despedida de un desconocido, con su hatillo. Un deseo de buena suerte que no comprendo.

—¿Todo en orden? —me pregunta Josko, y le respondo que sí con la cabeza, que todo está en orden, pero los dos sabemos que dejamos una deuda pendiente.

Nunca podremos recompensarlos por lo que han hecho por nosotros. No del todo.

En el tren sigo pensando en eso. También porque no tengo otra cosa en la cabeza. Solo pensamientos sobre el futuro. Por fin tengo la impresión de haberme parado. Ya no tengo motivos para correr. Miro a la gente que sube y baja del tren. Me aseguro de que los niños se porten bien.

Antes de subir, Josko les ha recordado las reglas y ellos las respetan. Ninguno habla ni llama la atención. Se comunican con gestos y se ríen, pero en silencio. Desde donde estoy sentado veo a Boris, que vigila a un grupo de chicos. Viajamos separados. No sé si estamos todos. Puede que otros grupos cojan otros trenes y nos reunamos en la frontera. A una niña —está de espaldas y no logro saber quién es— le falta poco para dormirse. Tiene una pierna fuera del asiento y obstaculiza el paso. Podría llamar la atención. En efecto, Boris se acerca a ella y le dice algo al oído. La niña se espabila.

Sí, estoy parado, por fin logro escuchar. Noto que los trenes tienen corazón y arterias de metal. Le doy las gracias por su esfuerzo. Por los sonidos que escucho. El cristal vibra en la ranura y da sacudidas, pero no se rompe. No hay que detenerse a repararlo. Le doy las gracias al cristal por su resistencia. Entretanto, el tren se desliza tranquilo, los que lo construyeron hicieron un buen trabajo. Por encima de todo, les doy las gracias a los obreros por su esfuerzo, raíl a raíl, traviesa a traviesa. De aquí hasta nuestro destino y más allá, sin interrupciones.

También le doy las gracias al paisaje. Al horizonte de montañas nevadas que sobresalen en la llanura. Al cielo nítido, a las nubes secas. A los techos que siguen el perfil de las cimas de las montañas. Al aire terso, a la respiración cristalina. A las vacas. A la tierra verde, como si el hambre solo fuera un recuerdo. Y a los ojos de Goffredo Pacifici, nuestro Cicibù, cuando nos despedimos.

Al principio no lo entiendo, nadie lo entiende.

Es él quien se puso de acuerdo con el guía, el contrabandista que cruza continuamente la frontera. Nos acompaña hasta la casa de campo abandonada, nos pide que esperemos.

—No toméis iniciativas —dice—. Tened confianza, que dentro de poco llegará. —Recoge sus cosas y concluye—: A partir de ahora, él se ocupará de vosotros. Todo está en orden. Yo vuelvo atrás.

—¿Cómo que vuelves atrás? Pero ¿qué dices? —pregunta Schoky.

Abre los brazos. Admite que hace tiempo que la decisión está tomada. Se nota porque está tranquilo.

—Déjalo estar y no hagas más el tonto. ¿Qué vas a hacer en Italia? —dice Josko, tratando de hacerlo reaccionar—. Las cosas se han puesto muy feas, no te digo nada que no sepas. Si te cogen…

Boris y Helene también intentan convencerlo.

—Es por tu mujer, ¿no? Sabes que ahora le toca a ella. Le haremos saber dónde estamos y se reunirá con nosotros.

—Habíamos quedado así, ¿no? ¿Por qué cambiar de idea en el último momento?

—No hagas el tonto…

—No —responde Cicibù—, dejadlo estar. Es inútil. Ya os lo he dicho, reflexioné. Y mucho. Y tomé una decisión. La correcta. Ahora que sé cómo funciona me doy cuenta de que se puede llevar a Suiza a mucha gente. Hay muchos judíos esperando. Muchas personas que tienen que huir. Y pronto. Puede que no logre pasar a tantos como sois vosotros. Será difícil. Pero a alguna que otra familia sí, puedo hacerlo. Y pensar que la solución estaba a la vuelta de la esquina: Suiza.

Mientras habla mira a un lado y a otro, no de frente, no a los ojos de sus interlocutores. Sabe que vería lo mismo que veo yo desde aquí, de lado. Cicibù tiene la mirada melancólica y la sonrisa se le apaga enseguida. Es como si sintiera la llamada de alguien o algo que no está aquí.

Tiene los ojos de Salomon Papo, el chico que llegó enfermo de Split y al que mandaron inmediatamente a la montaña a curarse. Los judíos de Módena lo cuidaron y espero que sigan protegiéndolo ahora que tenemos que huir. Y también espero que alguien cuide a Cicibù, porque a partir de este momento nosotros ya no podremos hacerlo.

Lo observamos de espaldas, se hace pequeño. A medida que se aleja parece cada vez más delgado, más encorvado.

Al verlo desaparecer más allá de la colina, al verlo ir al encuentro de su destino, me siento afortunado de quedarme aquí, en una casa de campo que podría derrumbarse sobre nuestras cabezas.

Entramos por la parte mejor conservada. El tejado está más íntegro que en la habitación contigua, donde hay una viga colgando del techo, pero las ventanas no tienen cristales. Un viento helado nos advierte de que no es un octubre típico. Decenas de palomas salen volando, pero luego vuelven. Caminamos sobre sus excrementos blancos y verdes. Huele mal. No quiero dormir, el sueño que tuve en la estación de Milán me está esperando para reanudarse.

Hombres y palomas. El mismo hedor, pero diferente.

12

Esperamos a que se ponga oscuro, pero la oscuridad no llega. Es una noche de luna llena. Salimos igualmente. Caminamos durante horas. Tres, según Sonja, que tiene el reloj de su padre en el bolsillo. Lo toca, le da cuerda, lo mira.

Caminamos. Nadie se queja, ni siquiera los niños más pequeños. Bajo la luz de la luna llena nos sentimos menos desesperados, porque todos temen la oscuridad. Incluso hay quien se esconde. Incluso hay quien saca ventaja de ella. Andamos muy cerca los unos de los otros. Compartimos el terror. Así resistimos al cansancio, al mutismo y a nuestra propia imaginación. Hay sombras por todas partes. Se deslizan cerca de nuestra fila. Susurros, gritos verticales. Arriba en el cielo. E, inmediatamente después, silencios muy profundos.

Llegamos hasta la falda de una colina. Nuestro guía es un contrabandista. Se le nota en la cara que trafica con cigarrillos, café y personas.

—Sentaos y hablad en voz baja. Mejor aún, quedaos callados, total, no tenéis nada que deciros —afirma.

Hay que esperar. Esperar aún más. Oigo el agua correr, es

un rumor cercano. Es un caudal impetuoso. Entre nosotros y Suiza solo hay un río. Muchos lo repiten. Ahora es Schoky quien lo dice; creo que es su voz.

—El río es poco profundo, pero la corriente es fuerte. Si no tenéis cuidado, podría arrastraros hasta el mar.

No sé cuánto dista de aquí el mar. Trato de entender si es una exageración. Schoky exagera a menudo. Luego oigo llorar. Es uno de los mayores, no un niño. Está bastante cerca. No reconozco su perfil.

Josko se pone de pie y va a sentarse a su lado. Le coge la cabeza y la apoya en su pecho. El otro dice algo en voz baja. Los que se sientan a su lado lo repiten. Así que sus palabras, de susurro en susurro, llegan hasta mí. La cadena es larga, pero al final entiendo:

—Hoy es Yom Kipur. Es Yom Kipur…

Nuestro día de la expiación, de la reconciliación. Hoy.

Una chica se pone de pie. Va en busca de una amiga y le pide perdón. Lo mismo que habría hecho en su casa, en Alemania. Los demás hacen lo mismo. Quienes tienen una cuenta pendiente, la saldan. Es ahora o nunca. Veo, a la luz de la luna, pequeños grupos agazapados. Yo no tengo a nadie a quien pedir perdón. Eso creo. Por eso estoy solo. El espacio que me rodea lo ocupan mi padre y el tío Hermann. Mi padre está tumbado cuan largo es, con las manos entrelazadas sobre la barriga. Tiene los tobillos cruzados y la punta del pie derecho, el de encima, marca un ritmo que suena en su cabeza. Quiere que vea que está tranquilo y relajado. En la noche más santa él no tiene nada que pedir ni que dar. Está bien así y le gusta mostrarlo. El tío Hermann está sentado. Tieso y serio, tal y como ha sido su vida.

—Es Yom Kipur, Hermann —dice mi padre.

—Lo sé, Salomon.

—¿Y no tienes ninguna enseñanza para el chico? ¿Una frase que pronunciar? ¿Un hombre tan sabio como tú va a desperdiciar esta ocasión?

El tío Hermann y mi padre, juntos. Solo podía ocurrir bajo el cielo estrellado de la noche más santa. A su espalda también están mi madre y mi hermano, en la penumbra. A ellos no los ilumina la claridad del fuego.

Hay un fuego, sí, delante de mi padre y de mi tío, pero yo solo veo el reflejo. Los destellos de luz que iluminan sus rostros.

—Todo irá bien —dice el tío Hermann. Sabe que mi padre le tomará el pelo por haber afirmado algo tan banal, por eso añade—: Este es el único día en que el ángel del mal no puede hacer daño. El número del ángel del mal es el trescientos sesenta y cuatro: los días del año solar menos uno. El día que se sustrae al mal es Yom Kipur. Así que créeme si te digo que esta noche, para ti, para nosotros, todo irá bien.

El tío Hermann mira a mi padre. Está satisfecho. Luego me mira a mí. Quiere asegurarse de que lo he entendido, y sí, lo he entendido. Entiendo que se necesita fuerza y que él quiere dármela. Pero del ángel del mal no sé qué decir.

—Bien. Y ahora que hemos escuchado estas bonitas palabras —dice mi padre—, si quieres te cuento un chiste.

El tío Hermann, descontento, sacude la cabeza y atiza el fuego con una rama. Finge que no está.

—Es un chiste sobre el exterminio.

El tío Hermann estalla, porque está presente, por supuesto. No puede seguir fingiendo ante una barbaridad semejante y trata de acallarlo con una mano, de impedirle que lo cuente. Como si el chiste fuera un tren en marcha.

Mi padre lo ahuyenta. Se suelta.

—En definitiva, nos matan a todos. Todos. Pero al final se descubre que uno se ha salvado. Entonces Dios quiere conocerlo, ver quién es, preguntarle cómo lo ha conseguido..., sobre todo eso, cómo lo ha conseguido. En cuanto se encuentra ante Dios, el hombre insiste en contarle un chiste. Sobre el exterminio de los judíos, precisamente. Qué descaro. Pero el chiste es divertido y él lo cuenta lo mejor que puede. Sin embargo, Dios se queda serio. Ni siquiera esboza una sonrisa, una mueca, nada. «Bueno..., claro, para entenderlo deberías haber estado allí», dice.

El tío Hermann lo mira. Ha esperado a que acabara de hablar.

—Tus chistes no te traerán nada bueno, Salomon. Te das cuenta, ¿no? Tarde o temprano te arrepentirás.

—¿Tú crees?

—Sí, lo creo.

—Bueno, puede ser. Pero ¿sabes una cosa? Antes de la expiación habrá mucha, pero que mucha diversión.

—Deberías pensar en perdonar a tus enemigos, Salomon. Sobre todo hoy, que es Yom Kipur.

—Pero ¿cómo se te ocurre? ¿Por qué debería hacer algo semejante?

—Porque solo así los derrotarás de verdad.

Mi padre se calla, ahora le toca a él atizar el fuego. Un fuego que sigo sin ver, pero que está ahí, delante de ellos. Mi padre se pone serio y también mi hermano y mi madre, que ahora se abrazan. En un momento determinado, los tres niegan con la cabeza al unísono, pero no entiendo si quieren decir «no, eso nunca», «no, es demasiado difícil» o «no, perdonar no sería humano».

El tío Hermann sigue hablando, quiere convencerlo y yo lo escucho, pero su voz, frase tras frase, se va haciendo cada vez más débil. Los veo desaparecer a los dos, lentamente. Mientras se van, trato de grabar su imagen en mi mente para no olvidar. Mi madre y Sami, en cambio, me miran con una ternura que no necesita palabras.

Si yo, ahora, fuera el dueño de la vida y de la muerte, si tuviera ante mí al más joven e inocente de los camisas pardas, al último en llegar, al único sin responsabilidad, cuya única culpa sea haber compartido una ideología de muerte, no lo dudaría. Para ese camisa parda elegiría el destino más doloroso y asistiría impasible a su dolor, a su mirada de súplica.

Pero no tengo ese poder. No se me ha concedido.

El único poder que tengo es disponer de mi tiempo. Quién seré. Qué será de mi vida. Entonces comprendo que el tiempo más valioso es el que le sustraemos a la muerte y al dolor. Esa será mi venganza. Mi victoria será la manera en que borraré, día tras día, este dolor inútil.

Ni guerra ni banderas ni ningún «nosotros» para mí. Ningún muro. Si fracaso, si fracasamos, nuestros enemigos seguirán viviendo bajo otras banderas, dentro de otras fronteras.

—¿Crees que lo lograré? —le pregunto a mi madre.

Su mirada sigue siendo tierna, comprensiva. Me mira como se mira a quien aún no está de vuelta. No responde o no le da tiempo. Ella y Sami desaparecen de golpe.

Ahora oigo entonar el *kol nidré* con la boca cerrada. El canto de esta noche santa. Todos rezan, susurran, y Josko los deja hacer. No hay peligro de que nadie nos oiga, porque el rumor del río y la presencia de la colina cubren cualquier ruido.

La valla que tenemos delante tiene una hilera de campanillas que tintinean con el viento. Parecen acompañar la oración, pero cuando tengamos que atravesarla su sonido no será tan dulce.

El contrabandista viene a advertirnos.

—Estad preparados —dice—. Dentro de poco los guardias se irán a la taberna del pueblo. Lo hacen todas las noches.

—¿Qué guardias? —pregunta alguien.

—Estamos en la frontera, lo raro sería que no los hubiera —responde.

Los que rezaban callan, los que llevaban mucho rato sentados se levantan para prepararse. Hace frío y hay humedad. Sentimos los huesos como si fueran de goma y pinchazos en los músculos, pero nadie se fija en eso.

Se acerca un hombre de uniforme. Es uno de esos italianos que están del lado de los alemanes. Su llegada siembra el pánico. Alguien se tira al suelo, como si esconderse sirviera de algo.

—Tranquilos —dice el contrabandista—. No pasa nada, es el hombre que estábamos esperando.

Va a su encuentro y Josko lo sigue. Josko hurga en los bolsillos y saca algo. Dinero, probablemente. El hombre niega con la cabeza y entonces busca en otro bolsillo. Se aleja, va a por Schoky. Hablan, gesticulan. Luego vuelve y le da los billetes.

El hombre coge el dinero y, satisfecho, nos conduce a un agujero que hay en la valla. Las campanillas suenan, pero menos de lo que esperábamos. Dejamos atrás la alambrada de espino. Nadie exulta. El peligro está delante de nosotros.

Delante, ahora, tenemos el río. No es muy ancho, pero cuando nos acercamos sentimos su ímpetu. La velocidad con la que se desliza una rama lo sentencia. El ruido da miedo. El único que no se queda embobado es Josko.

—Ponte en medio —me dice—. Que Helene y Hans se coloquen a tu lado. Es el punto más peligroso. Si alguien resbala ahí, lo perderemos.

Luego organiza a los demás. Tres guiarán la fila, los otros se pondrán al final. Los del final deberán convencer a los que se detengan de que avancen. No podemos prever cuántos lo harán. Josko dispone la fila: un niño entre dos adultos, una chica entre dos chicos. Si la cadena se rompiera antes de llegar a la otra orilla... No debe romperse y punto. Es categórico, tajante. Nadie se quedará atrás, nadie. Muestra decisión, incluso demasiada. Él también tiene miedo.

Los guijarros bajo los pies y la corriente de agua helada hacen difícil mantener el equilibrio. El ruido es ensordecedor. Los niños gritan. Una niña de los primeros que pasan resbala a nuestra altura. Es la de las coletas torcidas, la que llegó de Split. La vemos desaparecer bajo el agua, pero los adultos, que la sujetan por las manos, la ponen en pie. Vuelve a perder el equilibrio y los adultos también se tambalean. El fondo es inestable, las piedras son resbaladizas y la niña acaba de nuevo en el agua. Helene da un brinco y un par de pasos y la agarra; la sube por el pelo. La niña escupe agua como si fuera una fuente, sacude la cabeza y sigue caminando. Las coletas se le han deshecho, ahora parece más mayor.

Los demás lloran y avanzan. Alguno grita que no puede, que quiere volver atrás. Otros pierden bolsas y equipaje. Total, para lo que hay dentro, eso es lo de menos, pero vemos nuestras cosas flotar en el agua y alejarse a toda velocidad. Lo dejamos todo atrás. A estas alturas, ya nada nos pertenece.

Cruzan todos. Helene, Hans y yo esperamos hasta el final; luego también nos movemos, detrás de los últimos. No puedo creérmelo. No puedo creer que se haya acabado. Ahora que dejo de apretar los dientes, las fuerzas me abandonan. Podría dejarme llevar, como una maleta cualquiera, pero Josko me da una palmada en el hombro y me pongo en camino.

—Ánimo, adelante —dice.

Veo a los adultos y a los niños subir por la colina de la orilla opuesta. Se desploman en el suelo. Hay un instante de inmovilidad, luego algunos se abrazan tímidamente. Al final, todos lo hacen. La frontera ha quedado a nuestras espaldas, lo hemos conseguido. No es fácil abandonarse a esta idea.

Yo también me dejo contagiar. La felicidad es así: se propaga. Estoy a punto de lanzarme colina arriba para abrazar al primero que pasa, para gritar que estamos vivos, cuando veo a unos soldados. Son cuatro, en la cima, y llevan fusiles. Apuntan a los chicos y dicen algo que no oigo. «Son alemanes —pienso—, nos han traicionado».

Cojo a dos niños, los últimos de la fila, y los oculto conmigo entre las ramas de los árboles. Es un instinto, nada más. Ya no me queda energía para emprender una nueva huida. Resisto por ellos, por los niños; les digo que se queden callados mientras trato de entender qué ocurre. Observo a mi alrededor. No hay escapatoria ni otro sitio donde esconderse. Miro de nuevo a los soldados y veo que los mayores siguen abrazándose bajo sus fusiles. Josko y los demás se ríen y tranquilizan a los pequeños.

—Cantad, cantad —dice Josko y los niños entonan una canción.

Son tímidos y están asustados, pero cantan. Los adultos se unen a ellos y todos siguen abrazándose, riendo y cantando. Los soldados, que no son alemanes, sino suizos, los miran incrédulos y bajan los fusiles. Cuando los niños que están conmigo también se ponen a cantar, salimos de nuestro escondite. Abrazo a todos los que encuentro, pero no canto. No soy capaz. Río, eso sí. Río con los demás. Y no lograría parar ni queriéndolo.

Llegan más suizos. Se ponen nerviosos. Nos dicen que esperemos, que están a la espera de instrucciones. Después nos piden que los sigamos. Las instrucciones han llegado. Nos conducirán a un sitio caliente y tranquilo, nos darán comida y alojamiento por el tiempo que sea necesario. Luego podremos proseguir, con calma, cuando nos hayamos recuperado. Nuestro viaje empieza aquí. De aquí partiremos realmente hacia Eretz Israel.

Al otro lado del río veo dos figuras que nos señalan con el dedo. A estas alturas los guardias de frontera ya no pueden hacernos nada. Trato de no mirar, porque no es fácil olvidar el miedo, pero los guardias gesticulan y me parece oír sus voces. Entonces me giro.

No son guardias. Son mi padre y mi tío, saludándome con la mano. A poca distancia están mi madre y mi hermano. Respondo a su saludo y trato de decirles algo, pero un nudo en la garganta me lo impide. Sonríen, contentos, y dan media vuelta para alejarse. Mi tío, alto y delgado, apoya las manos sobre los hombros encorvados de mi padre. Y, de repente, no sé cómo, el río fluye impetuoso, pero en silencio. Mi tío y mi padre murmuran y oigo lo que dicen. Como si estuvieran aquí, a este lado de la orilla, como si yo estuviera en la otra. Los escucho mientras pasan al lado de los soldados alemanes que vuelven de la taberna.

—Lo ves, Salomon —afirma el tío Hermann—. El Señor salva a quien canta y baila en su nombre. ¿No es un milagro?

—Eres tú el que no lo ve, querido Hermann. Quien ríe se salva. Quien ríe.

Estos son los nombres de los chicos de Villa Emma y de sus acompañantes:

Edgar Ascher, 21 años, Gyôr (Hungría); Sonja Borus, 15 años, Berlín (Alemania); Fritz Awin, 15 años, Viena (Austria); Mala Braun, 21 años, Krynica (Polonia); Ruth Drucker, 17 años, Berlín (Alemania); Susanne Elster, 19 años (Austria); Betty Endzweig, 16 años, Berlín (Alemania); Freda Endzweig, 14 años, Berlín (Alemania); Max Federmann, 19 años, Fráncfort del Meno (Alemania); Benno Goldberg, 9 años, Fráncfort del Meno (Alemania); Jakob Goldberg, 13 años, Wiesbaden (Alemania); Kurt Hahn, 19 años, Viena (Austria); Emanuel Issler, 17 años, Gelsenkirchen (Alemania); Ursula Karger, 15 años, Berlín (Alemania); Joachim Kirschenbaum, 15 años, Berlín (Alemania); Siegfried Kirschenbaum, 17 años, Berlín (Alemania); Leo Koffler, 17 años, Berlín (Alemania); Manfred Korenstein, 14 años, Fráncfort del Meno (Alemania); Tamar Licht, 16 años, Zagreb (Croacia); Otto Liebling, 17 años, Viena (Austria); Salomon Majerowicz, 15 años, Viena (Austria); Herbert Mohler, 19 años, Fráncfort del Meno (Alemania); Tilla Nagler, 19 años, Tulukiv (actual Moldavia); Berta Reich, 15 años, Berlín (Alemania); Eva Reich, 15 años, Berlín (Alemania); Eva Rosenbaum, 19 años, Budapest (Hungría); Josef

Schiffmann, 19 años, Viena (Austria); Lola Schindelheim, 13 años, Berlín (Alemania); Kurt Schneider, 18 años, Viena (Austria); Fanny Senft, 18 años, Stettin (Polonia); Hans Silbermann, 15 años, Viena (Austria); Hildegard Steinhardt, 17 años, Eberswalde (Alemania), Hans Sussmann, 20 años, Graz (Austria); Leo Teplitzki, 20 años, Fráncfort del Meno (Alemania); Laszlo Toeroek, 18 años, Budapest (Hungría); Gerda Tuchner, 13 años, Berlín (Alemania); Arnold Weininger, 16 años, Leipzig (Alemania); Robert Weiss, 19 años, Viena (Austria); Gisela Wiesner, 18 años, Kiel (Alemania); Blume Zwick, 16 años, Leipzig (Alemania); Georg Bories, 42 años, Rostov del Don (Rusia); Mauricy Awin, 47 años, Leópolis (Ucrania); Helene Barkic, 28 años, Bogdánovka (actual Ucrania); Josef Indig, 25 años, Virovitica (Croacia); Erna Licht, 45 años, Sarajevo (Bosnia); Robert Stein, 34 años, Osijek (Croacia); Alexander Licht, 58 años, Sokolovac (Croacia); Marco Schoky, 35 años, Lodz (Polonia); Josefine Weiss, 50 años, Hustopeče (actual República Checa); Daniel Sternberg, 12 años, Osijek (Croacia); Albert Albahari, 15 años, Sarajevo (Bosnia); Bunika Altaras, 16 años, Sarajevo (Bosnia); Elieser Altaras, 14 años, Sarajevo (Bosnia); Ella Altaras, 11 años, Tuzla (Bosnia); Lea Altaras, 8 años, Tuzla (Bosnia); Moric Atias, 11 años, Bugojno (Bosnia); Sarina Atias, 12 años, Bugojno (Bosnia); Sarina Brodski, 15 años, Sarajevo (Bosnia); Josef Danon, 17 años, Sarajevo (Bosnia); Moric Danon, 17 años, Sarajevo (Bosnia); Reli Gaon, 11 años, Sarajevo (Bosnia); Tina Gaon, 15 años, Sarajevo (Bosnia); Zlata Gaon, 15 años, Sarajevo (Bosnia); Bela Grof, 14 años, Sarajevo (Bosnia); Velimir Halpern, 15 años, Sarajevo (Bosnia); Marcel Hofmann, 20 años, Banja Luka (Bosnia); Albert Israel, 10 años, Sarajevo (Bosnia); Lotti

Israel, 16 años, Sarajevo (Bosnia); Sida Israel, 6 años, Sarajevo (Bosnia); Flora Kajon, 14 años, Sarajevo (Bosnia); Leo Kajon, 17 años, Sarajevo (Bosnia); Elieser Kaveson, 13 años, Sarajevo (Bosnia); Aron Koen, 6 años, Sarajevo (Bosnia); Leo Levi, 10 años, Sarajevo (Bosnia); Sida Levi, 10 años, Sarajevo (Bosnia); Rikica Levi, 10 años, Sarajevo (Bosnia); Charlotte Markus, 13 años, Sarajevo (Bosnia); Israel Maestro, 18 años, Sarajevo (Bosnia); Josef Papo, 15 años, Sarajevo (Bosnia); Salomon Papo, 15 años, Sarajevo (Bosnia); Zdenko Schmidt, 17 años, Osijek (Croacia); Nelly Schlesinger, 14 años, Sarajevo (Bosnia); Hanna Schwarz, 14 años, Plauen (Alemania); Jakov Maestro, 23 años, Sarajevo (Bosnia); Maurizio Romano, 29 años, Sarajevo (Bosnia).

Epílogo

He conocido a muchos niños en fuga. Niños llegados en patera o refugiados en casas de acogida.

Cuando conocí las vicisitudes de Villa Emma, pensé que cada chico y cada chica en fuga se merecía un pueblo como Nonantola y un guía como Josko.

Josef Indig Ithai, Josko para los amigos, contó su experiencia en el libro *Yaldei Villa Emma* (Tel Aviv, Moreshet, 1983) —en italiano *Anni in fuga. I ragazzi di Villa Emma a Nonantola* (traducción del alemán de Loredana Melissari, Florencia, Giunti, 2004)—. Os lo aconsejo. Lo he consultado tantas veces que las primeras ciento veinte páginas se han desencuadernado.

Natan, en cambio, es un nombre de fantasía. El personaje le debe mucho a Sonja Buros, cuyos diarios publicó la editorial Il Mulino: *Diario di Sonja. Fuga e aliyah di un'adolescente berlinese*, de Sonja Buros (2018).

El libro del historiador Klaus Voigt contiene una gran cantidad de información adicional muy valiosa y en el sitio web https://davantiavillaemma.org pueden leerse las entrevistas a algunos de los personajes que protagonizaron la historia.

En la actualidad, la Fundación Villa Emma sigue desarrollando una excepcional labor cultural y de documentación.

He escrito esta nota inmediatamente después de haber hablado por teléfono con el director de la fundación, Fausto Ciuffi. Quería estar seguro de que los chicos huyeron efectivamente todos juntos, como una excursión escolar con muchos acompañantes.

«Sí —ha confirmado—. Se fueron todos juntos. Solo un pequeño grupo trató de huir hacia el sur. Dos de ellos se unieron a la Resistencia en las Marcas».

Ninguna historia puede contarse íntegramente. Lo que ocurrió tras la salida de los refugiados de Villa Emma se narra en las publicaciones de los pequeños editores locales. La imprenta clandestina fundada por el padre Arrigo Beccari y por Giuseppe Moreali siguió falsificando documentos, que salvaron la vida a muchos partisanos.

Markus Silberschatz (Schoky) volvió a Nonantola en 1945. Entre 1945 y 1947 transformó Villa Emma en un centro de acogida y readaptación para los judíos que se dirigían a Palestina. No logré encontrar noticias acerca de su muerte, que probablemente sucedió en Estados Unidos en los años setenta u ochenta.

Georg Bories (Boris) volvió a Italia y colaboró activamente con Schoky. Está enterrado en el cementerio judío de Merano, donde Schoky hizo que le erigieran una columna de granito.

El padre Arrigo Bettari y Giuseppe Moreali fueron declarados «Justos entre las Naciones» por el Yad Vashem. En su nombre se plantaron dos árboles en Jerusalén.

Salomon Papo subió al convoy número nueve en el campo de Fossoli (Módena) el 5 de abril de 1944. Llegó a Auschwitz el 10 de abril de 1944. No sobrevivió al Holocausto.

Goffredo Pacifici y su hermano Aldo subieron al convoy número catorce en el campo de Fossoli (Módena) el 2 de agosto de 1944. Llegaron a Auschwitz el 6 de agosto de 1944. No sobrevivieron al Holocausto.

Que ninguna lista os engañe. Hay muchos nombres olvidados, nombres que hay que seguir buscando.

Agradecimientos

La gratitud no es un sentimiento silencioso.

Un gracias, pues, a Eva. Por lo que sabes y por mucho más. También por nuestro hermoso y largo invierno ártico.

Gracias, Fausto, por tu amabilidad y tu cultura. Contigo Villa Emma está en buenas manos.

Gracias, Vicki, por haber creído en este libro. Estoy convencido de que tu trabajo consiste en dar buenas noticias.

Gracias, Francesca. Por la edición, naturalmente, pero sobre todo por tu entusiasmo; no hay mayor don.

Gracias de nuevo a Moni Ovadia, Marc-Alain Ouaknin, Angelo Pezzana, Raymond Geiger y Devorah Baum por su aportación al tema de los chistes judíos.

A todos los demás, a todas las demás, mi agradecimiento llegará alegremente en persona.